KB093940

늦게 피는 꽃

늦게 피는 꽃

•

인쇄일·2021. 5. 25.
발행일·2021. 5. 30.

지은이 | 김산옥
펴낸이 | 이형식
펴낸곳 | 도서출판 문학관
등록일자 | 1988. 1. 11
등록번호 | 제10−184호
주소 | 04089 서울시 마포구 독막로 28길 34
전화 | (02)718−6810, (02)717−0840
팩스 | (02)706−2225
E−mail | mhkbook@hanmail.net

copyright ⓒ 김산옥 2021
copyright ⓒ munhakkwan. Inc, 2021 Printed in Korea

값·15,000원

ISBN 978−89−7077−629−3   03810

늦게 피는 꽃

김산옥 에세이

문학관books

최선을 다했어

왼팔 혈관을 찾지 못해 오른팔에다 링거를 꽂았다.
그래, 이럴 때나 오른손이 좀 쉬지 언제 쉬겠어.
이참에 왼손을 좀 부려먹어야겠다고 내려다보니
왼손이 빤히 쳐다보며 중얼거린다.
"그렇다고 내가 아무것도 안 한 게 아니잖아.
나 없이 세수 해봤어, 화장품 뚜껑 일일이 열어봤어,
손뼉 쳐봤냐고? 나도 나름 최선을 다했다고."
"…"

마음이 흔들릴 때마다 열심히 썼습니다.
한없이 부족하지만, 최선을 다했습니다.
글이 책으로 엮어지기까지 혼자의 힘으로 되었겠는지요.

묵묵히 곁을 지켜주는 왼팔처럼, 말없이 응원해주고
용기를 준
스승님, 문우님들, 가족이 있기에 가능했습니다.
제 글을 읽어줄 독자를 위한 노력이기도 했습니다.
한 편 한 편 쓸 때마다 마음졸이며
꽃이 되어라, 꽃이 되어라…. 주문을 외우곤 했습니다.
모두가 사랑입니다. 그저 감사할 뿐입니다.

2021년 5월 소비헌에서

김 산 옥

| 목 차 |

7 디지털 & 아날로그

1

한지붕 아래 사람들

한지붕
아래
사람들

허름한 집

미경 씨는 신혼을 우리 집에서 시작했다. 큰아이 혁이와 둘째 아이 연이도 우리 집에서 태어났다. 그 아가들이 자라서 어느새 초등학교 4학년, 2학년이 된다. 혁이와 연이는 나를 할머니라고 부르고, 나는 그 아이들을 내 강아지라고 부른다. 그렇게 오랫동안 허름한 우리 집에서 위아래 층에 살았다.

허름한 우리 집은 만만해서 그런가 스며드는 것이 너무 많다. 겨울이면 창 틈새로 찬바람이 장난꾸러기 혁이처럼 신나게 스며든다. 비가 내리는 날은 토닥이는 빗소리가 스며들고, 비가 많이 오면 빗물도 스며든다. 결로가 생기면

곰팡이도 슬금슬금 피어나 그림을 그려놓기도 한다. 때때로 귀뚜라미도 숨어들어 계절을 노래한다. 24시간 열려있는 대문으로 고양이 식구가 수시로 들락거리고, 때로는 참새와 매미도 날아들어 길을 잃기도 한다.

승강기가 없는 우리 집은 발소리만 들어도 어느 집 현관문이 열리는지를 알 수 있다. 출근길 아침에 발소리, 퇴근길 저녁에 발소리 의미도 다 알아들을 수 있다. 아침에 다다닥 소리가 나는 발소리는 아이쿠 지각이구나, 저녁에 쿵쿵 들리는 무거운 발소리는 하루의 고단함이 온전히 전해진다.

미경 씨는 음식 솜씨가 좋다.

끼니때가 되면 음식 냄새가 난간을 타고 우리 집 거실로 스며든다. 된장찌개 끓이는 날은 친정엄마가 끓여주시던 냄새가 나기도 하여 그리움을 불러오게도 한다. 어느 때는 삼겹살 굽는 냄새가 살그머니 기어들어 와 부리나케 정육점으로 내달려 갈 때도 있다. 나는 가만히 있어도 미경 씨가 무엇을 해 먹는지 다 알 수 있다. 허름한 우리 집은 한지붕 아래 살아가는 사람들과 그렇게 소통을 한다.

혁이와 연이의 웃음소리가 허름한 우리 집을 등불처럼

밝혀준다. 어쩌다 우는 소리가 들려도 풍경소리처럼 청아하다. 아이들은 맑은 산소가 되어 우리 집을 늘 푸른 솔밭으로 만든다. 날마다 새봄이다.

미경 씨와는 처음 공인중개소에서 만나 계약하고, 12년을 사는 동안 한 번도 재계약한 적 없이 오랫동안 함께 살았다. 이제 미경 씨는 얼마 안 있으면 새 아파트로 이사한다. 오랫동안 꿈꿔온 아파트가 당첨되었기 때문이다.

나도 신혼을 여주 어느 허름한 집 단칸방에서 보냈다.

방 한 칸에 부엌 한 칸, 문풍지가 달린 창호지가 안과 밖을 분별하는 허름한 그 집에서 아이 둘을 낳았다. 겨울이면 찬바람이 스며들어 입김이 뽀얗게 서리고, 처마 끝에 고드름이 박쥐처럼 다닥다닥 물구나무를 섰다. 여름이면 풀벌레가 기어들어 하루에도 몇 번씩 놀라기도 하고, 비가 내리면 창호 밖 처마에서 떨어지는 낙숫물 소리에 귀를 적시기도 했다.

디귿 자 집 마당 한가운데 수도가 있었다. 세입자들은 설거지며 빨래며 세수며… 모든 물질은 그곳에서 했다. 한지붕 아래 네 가구가 그렇게 낯섦 속에 한 가족이 되어 살았다. 세 들어 사는 사람들 애환이 간간이 문틈으로 스며드는 허름한 그 집에서 나는 무한한 꿈을 꾸며 살았다.

언젠가는….

내 집이라는 둥지를 꿈꾸며 그렇게 미래와 나란히 걸었다. 아래층 미경 씨처럼. 어느 날, 허름한 그 집에서 탑처럼 쌓아 올린 순간들을 뒤로하고 안양으로 이사를 했다. 몇 해가 지나 그 집에서 꿈꾸었던 미래가 현실이 되었다. 새댁시절 주인집 아줌마처럼 나도 내 집을 지었고 세를 주고 사는 주인집 아줌마가 되었다. 때때로 주인집 아줌마라는 호칭이 남의 이름을 빌린 것처럼 낯설어 부끄럽기도 했다.

아래층 미경 씨도 허름한 우리 집에서 사는 동안 날마다 나만의 집, 새집을 꿈꾸었을 것이다. 겨울이면 창문에 뽁뽁이를 붙여가며 방안의 온도를 높이듯이, 그렇게 행복한 미래를 꿈꾸었을 것이다.

처음에는 우리 집도 반반한 새집이었다. 혁이와 연이가 자라는 동안 우리 집은 키가 크지 못하는 대신 자꾸만 허름해져 갔다. 서른 즈음에 만나, 좋고 나쁜 일을 같이 겪으며 나와 함께 나이 들었다.

한지붕 아래 살아가는 사람들 온갖 애환이 다 스며드는 우리 집이지만, 불만하거나 힘들어하는 사람은 없다. 모두 알뜰한 꿈을 꾸며 희망찬 미래와 함께 걷기 때문이다. 머지않아 미경 씨처럼 좋은 집으로 갈 수 있을 테니까.

이제 미경 씨는 허름한 집을 떠나서 새집에서 살게 된다. 오랜 기다림의 결실이고 열심히 살아온 것에 대한 보상이다. 더 이상 비좁은 집에서 볶아치지 않아도 되고, 보온이 잘되는 집에서 훈훈하게 겨울을 날 것이다. 모든 것들이 반짝이는 예쁜 새집에서 새로운 둥지를 틀고, 무엇보다도 내 집이라는 행복에 가슴 설렐 것이다. 예전에 내가 그랬던 것처럼.

허름한 집에서 살았기에 새집의 행복은 몇 배로 클 것이다. 좁은 집에서 살았기에 넓은 집에서 살면 기쁨은 두 배일 것이다. 허름한 집은 그렇게 누군가에게 행복과 기쁨 온도를 높여주기도 하고, 꿈꾸는 집이 되어주기도 한다.

미경 씨가 가끔 시집을 뒤적이듯 우리 집에서의 추억을 읽어주었으면 좋겠다. 지난날 그 허름한 주인집 아주머니가 간간이 그리움으로 다가오는 것처럼.

이백 원과 삼백 원의 차이

점심에 뭐를 해 먹을까 궁리하다가, 묵은김치 채 썰어 넣고 국수를 비비려는데 아래층 사는 새댁이 생각난다. 결혼하자마자 우리 집에 이사와 아들딸 낳아 어느새 두 아이의 엄마가 되었다. 애 하나 건사하기도 힘든데 어린 것을 둘이나 돌보려면 끼니나 제때 먹을까 싶어 서둘러 한 그릇 담아다 주었다.

세를 놓고 살다 보면 참 많은 사람과 인연을 맺게 된다. 짧게는 일 년, 길게는 십 년이 넘도록 같이 살다 보면 가족과도 같다. 그동안 우리 집에 살다 간 사람들만 해도 헤아릴 수 없이 많다. 집을 장만해서 나간 사람, 더 큰 전셋

집으로 이사한 사람, 때로는 형편이 어렵게 떠난 사람도 있지만, 대부분 더 잘돼서 떠났다. 떠난 후에도 잘살고 있다고 간간이 소식을 전해올 때면 그렇게 반가울 수가 없다.

나는 처음 오는 세입자에게 꼭 하는 말이 있다. 우리 집은 부자 되는 터라서 나갈 때는 꼭 더 좋은 집으로 간다고. 그러면 웃는다. 그 말을 꼭 믿어서라기보다는 듣기에 싫지 않은 말이라 좋게 받아들이는 모양이다.

갓 결혼한 신혼부부에게는 특별히 잘해준 건 없어도 이런 말은 해준다.

"칠백 원이 있으면 대부분 사람은 이백 원은 잘라 쓰고 오백 원만 저축하지만, 어떻게든 노력하여 칠백 원에다 삼백 원을 보태면 곱이 되어 천 원이 된다"고.

이것은 내가 갓 결혼해서 남의 집에 세 들어 살 때, 주인집 아줌마가 일러준 말이다. 나는 그때 그 말을 진리처럼 받아들였다. 이백 원 잘라 쓰기는 쉬워도 삼백 원 보태기는 여간 어려운 것이 아니다. 하지만 노력 여하에 따라 절반이 되거나 곱이 될 수 있다는 이치를 깨닫는다면 생각하고 또 생각할 일이다.

이백 원과 삼백 원 차이를 놓고 아등바등하던 젊은 날이 새삼 그립다. 그때 주인집 아주머니는 머리를 항상 디스코 머리로 땋아 단정하게 정리를 했다. 가방만 들면 언제든 외출해도 될 만큼 깔끔하게 옷을 입었다. 그 모습이 참 아름답고 보기 좋았다. 그렇다고 화려하거나 요란하지 않았으며 차림새에 은은한 품격이 있었다. 나는 그분을 내 삶의 우상으로 삼았다.

어느 날, 그분에게 어떻게 하면 디스코 머리를 혼자서 땋을 수 있느냐고 물었다. 그때 공무원 아내였던 그분이 내게 일러주었다. 공무원 아내로 살아가려면 얼마나 알뜰해야 하는지 모른다고. 미장원료를 절약하기 위해 혼자서 디스코 머리를 땋는 연습을 수도 없이 했으며, 비록 비싼 옷은 아니지만 늘 깔끔하게 옷 입는 연습을 했다고 한다. 허투루 살림하면 빚지고 살기 딱 맞는 월급이지만, 조금이나마 이자 받고 돈 놀이 할 수 있는 것은 자신만의 비법이 있다고 한다. 그때 그 비법이 '이백 원과 삼백 원 차이'다.

나는 그 이후, 열심히 혼자 머리 땋는 연습을 했다. 오랜 연습 끝에 성공했다. 머리숱이 적어진 지금은 디스코 머리 대신 틀어 올린 머리를 한다. 머리를 우아하게 틀어 올리는 것도 쉬운 것은 아니다. 오랫동안 연습하여 지금은 눈 감고도 할 수 있다. 덕분에 미장원료를 많이 절약할 수 있다. 옷도 정갈하게 입는 연습을 했다. 더욱 중요한 것은 '이백 원과 삼백 원 차이'를 터득하여 열심히 살았다.

지금은 그 절실했던 생각이 달라진다.

이만큼 열심히 달려왔으니 이제는 칠백 원에다 삼백 원을 보태려고 애쓰지 않는다. 대신에 절실했던 차액은 좋은 일에 쓰려고 노력한다. 삼백 원을 보태면 곱이 되는 행복보다 누군가를 위해 이백 원을 잘라 쓰는 것이 더 행복하다는 것을 깨닫는 중이다. '남을 행복하게 할 수 있는 사람만이 또한 행복을 얻는다'라는 플라톤의 말처럼, 세월에 부대끼며 살아온 삶의 지혜가 아닐는지.

한지붕 아래 사람들

세입자와 처음 계약을 하면 그 기간이 지난 후에는 세입자가 얼마를 더 살다 가더라도 법적인 문서에 연연하지 않는다. 언제든 이사 간다고 하면 빚을 내서라도 보증금이나 전세를 빼주기로 마음먹은 까닭이다. 사는 동안은 전세나 월세를 올려 받지도 않는다.

아래층 반지하에 세 들어 살던 민희네가 이사를 간다.

십 년이 넘는 세월 한지붕 아래 살았다. 처음 부동산에서 계약서를 쓴 이후 한 번도 재계약을 한 적 없이 우린 한지붕 아래서 오랫동안 함께 살았다. 민희가 유치원 다닐 무렵 우리 집에 이사를 왔다. 10년이라는 세월을 함께 보내고 대학생이 되어 떠난다. 마음 같아서는 더 있어 달라고 붙잡고 싶지만, 좋은 곳으로 집 장만하여 가는 거라 기쁜 마음이 더 앞선다.

어느 해 안양에 300밀리가 넘는 집중폭우가 쏟아졌다. 안양천이 범람하고 온 지역이 물바다가 되었다. 우리 집 반지하에도 물이 들어왔다. 세간이 온통 물에 젖어 엉망이 되었다. 너무나 미안해하는 나에게, 천재지변으로 인한 일이니 마음 쓰지 말라고 배려해 주었다.

어느 때는 일 층에 누수가 되어 지하 방으로 물이 뚝뚝 떨어졌다. 어디서 물이 새는지를 잡지 못해 한동안 천장에서 떨어지는 물을 받아내야만 했다. 그런 불편함에도 얼굴 붉히지 않고, 누수가 되는 곳을 차근차근 찾아보라며, 오히려 나를 위로해 주었다. 다행히 누수를 잡아 더 이상 물은 새지 않았지만, 미안하고 고마운 마음은 내내 마음속에 있다.

그분은 남들이 우리에게 뭐라 하면 언제든 우리 편이 되어줄 것 같은 든든한 가족이었다. 휴가나 명절 때 시골에 다녀오면, 사과며 감자, 푸성귀를 봉지에 담아 현관 앞에 두고 간다. 별것 아닌 것을 마주 보고 인사받기 민망스럽다며 그렇게 살그머니 놓고 간다. 그렇게 두고 가도 누가 갖다 놓았는지 다 알 수 있다. 따뜻하고 정겨운 나눔으로 우린 동기간처럼 지냈다.

그렇게 지내는 사이 유치원 꼬마가 초등학교 입학을 하고, 6년이란 세월이 흘러 중학교에 들어갔다. 내 모습이 세월에 밀려 자꾸 변해가는 동안, 민희는 꽃망울에서 활짝 핀 목련꽃이 되어 고등학생이 되었다.

얼마 전 긴 머리 아가씨가 나를 보고 꾸벅 인사를 한다. 미루나무처럼 쑥 자란 민희가 대학생이 된 것이다. 초승달 같은 눈으로 하얀 이가 드러나도록 환하게 웃는다. 어찌나 예쁘던지 그 어디에서도 유치원생 꼬마 얼굴은 찾아볼 수 없다. 세월의 흐름을 그 아이가 자라는 것을 보면서 가늠한다. 아, 어느새 이렇게 세월이 가버렸구나 하는….

이별은 아쉽지만, 우리에게는 좋은 인연 아름다운 마무리가 있기에 서운하지 않다. 어디에 가서 살더라도 행복했으면 하는 바람이다.

어제는 공인중개소에서 연락이 왔다. 요즘 이사 철이 아니라 긴 공백이 있을지도 모른다고 내심 마음 쓰이던 참인데, 바로 새로운 인연이 찾아왔다. 복덕방에서 마주 앉은 우리는 이방인처럼 서먹하다. 공인중개인이 가운데 앉아 통역하듯 서로 손해가 없기를 바라며 임차인과 임대인의 민감한 조건을 타협한다. 내가 이성적으로 냉정해야 할 때는 지금뿐이다. 이 순간이 지나면 우리는 한지붕 아래 한 가족이 되는 까닭이다.

이제 우리는 새로운 인연으로 한지붕 아래서 살아갈 것이다. 얼마를 우리 집에서 살지는 모르지만, 새로운 인연을 위해서 마음 쓸 것이다. 기한이 끝나고 헤어지는 날, 진정 좋은 인연이었다고 말할 수 있도록.

'좋은 인연이란 시작이 좋은 인연이 아닌 끝이 좋은 인연이라고 한다. 시작은 나와 상관없이 시작되었어도 인연을 어떻게 마무리하는가는 나 자신에게 달려있기 때문이라'고 혜민 스님은 말한다. 가끔 이 글귀를 되짚어 볼 때가 있다.

그동안 우리 집에서 살고 간 세입자는 수없이 많다. 일일이 얼굴을 떠올릴 수는 없지만, 함께 했던 훈훈한 정은 가슴 속에 남아있다. 떠나간 분들은 새댁에서 중년이 되었을 것이고, 아주머니에서 할머니가 되었을 것이며, 아기에서 성인이 되어 사회에 큰 일꾼이 되어있을 것이다. 가끔 우리 집을 거쳐 간 세입자의 빛바랜 계약서를 들춰보며 추억을 더듬어 본다.

지금도 민희아빠는 간간이 메시지를 보내온다. 잘 지내고 있으며 잘 지내고 있느냐고… 연하장 같은 안부가 내 삶의 봄날을 만들어준다.

행복을 다지는 연장

세입자가 이사하고 나니 집안이 엉망이다.

창문을 열어보니 온전하게 열리는 문이 하나도 없다. 오랫동안 살다간 흔적이다. 망가진 문을 다시 고쳐야 한다는 부담이 산처럼 다가온다. 내가 할 수 없는 일에 대한 두려움, 내가 못하는 것에 대한 부담감은 나를 한없이 작게 만든다.

설비사에게 견적을 의뢰했다.

창문을 일일이 살펴본 설비사는 아무 일도 아니라는 듯, 창틀이 잘 움직일 수 있도록 고쳐놓겠단다. 할 수 있다는 자신감은 그를 더 커 보이게 한다. 그 당당함이 그렇게 멋져 보일 수 없다.

오랜 세월 한 가정의 생계를 이끌어온 손이 눈에 들어온다. 투박하고 거친 연장이다. 가족의 안일과 행복을 다져온 신과도 같은 도구다. 생채기가 난 자리에는 흉터가 훈장처럼 남아있다. 깊게 팬 주름 사이엔 거칠다 못해 두꺼운 못이 박혔다. 누군가의 걱정을 덜어주고, 후미진 곳마다 찾아가 밝게 비춰주는 거룩한 손이 낡은 바지 주머니 속에 반쯤 꽂혀 있다. 나에겐 그 거친 손이 세상에서 가장 위대한 연장으로 다가온다.

중요한 것은 비용이다. 내 생각에는 창문을 새로 교체하지 않고는 그 문틀이 절대로 움직이지 않을 거라는 것, 그러기에 거기에 해당하는 지출은 크리라는 것, 내 힘으로는 억만금을 준다 해도 고칠 수 없다는 부담감은 얼마를 부른다 해도 흔쾌히 응할 것만 같다.

"얼마나 들까요?"

험하고 거친 일의 대가는 클 것이라고 여겼던 내 생각과는 다르게 의외로 저렴하게 흥정이 끝났다. 이미 내 머릿속에 계산된 금액이 너무 컸기에, 시세보다 더 부른다 해도 수긍할 수밖에 없는 일이지만, 큰일의 대가치고는 너무

싸다는 생각에 감사하다.

며칠 후, 그는 모든 창문을 참기름 발라놓은 것처럼 잘 여닫을 수 있게 고쳐놓았다. 창틀을 새로 교체하지 않아도 새집이 되었다는 다행스러움은 한동안 기분 좋게 한다.

예전에 엄마 손이 그랬다.

엄마 손은 늘 옹이가 지고, 갈라져 나뭇등걸 같았다. 그 손으로 농사짓고, 길쌈하고, 밥 짓고, 빨래했으며, 한겨울에도 맨손으로 물질하고, 김장하고, 소죽 끓이고 군불 지폈다.

엄마 손은 가족의 행복을 다지는 도구였다. 가정을 지키고 가족의 안일을 위한 무쇠와 같은 연장이다. 우리 집 망가진 창틀을 새것처럼 고쳐놓은 설비사 손처럼, 엄마 손끝에서 일어나는 모든 일은 근심 걱정을 밀어내는 행복의 도구였다.

거칠고 못난 손이지만 여름 한철 손톱에 봉숭아 꽃물 들이고 싶은 여자의 손, 꿈꾸는 손이기도 했다. 굳은살 속에도 뜨거운 피가 흐르고, 쓰대끼면 아프고, 찬물 속에 넣으면 저리도록 아리다는 것을 헤아리지 못했다. 생각할수록 가슴 아픈 손이다.

그때 엄마 나이의 내 손은 얼마나 호강인가. 고무장갑이 살결을 보호해주고, 빨래는 세탁기가 해주고, 청소는 청소기가 해주는데도 힘들다, 고단하다 푸념한다. 내 손은 가족에게 얼마만큼 행복을 주는 연장일까.

문득 부끄럽다.

긍정의 힘

개나리가 봄바람에 볼이 터지고, 영하에서 영상으로 올라갈 즈음 어김없이 우리 집 정화조 대청소를 한다. 아침 상이 끝날 때와 출근길 골목을 막지 않을 만큼의 절묘한 시간을 맞춰야 하는 민감한 행사다.

영상의 날씨라지만 아직은 움츠러드는 이른 아침 전화 벨이 울린다. 막 아침 식사가 끝난 시간이다. 서둘러 내려 가니 생각보다 젊은 아저씨가 예의 그 행사를 준비하고 있다. 따끈한 차라도 한잔하시겠냐는 제안에 반가운 표정을 짓는다.

올라와 차를 준비해 내려가니 그분은 정화조 뚜껑을 열

어쩍히고 열심히 그 일을 한다. 선뜻 다가가 찻잔을 전할 용기가 나지 않는다. 찻잔을 받쳐 들고 이만큼 서서 한참을 바라보았다. 찻잔의 온기가 다 사라지도록 서서 지켜보아도 그 사람은 얼굴 한번을 찌푸리지 않고 그 일을 하고 있다. 오히려 아름다운 그림을 그리고 있는 예술가의 표정이다. 어떻게 저런 얼굴을 할 수가 있을까 싶다.

그 모습에서 세상 모든 가장을 본다. 남자는 내 처자식을 위하는 일이라면 그 어떤 궂은일이라도 마다하지 않는다는 것을. '남을 행복하게 할 수 있는 사람만이 또한 행복을 얻는다'고 한 플라톤의 명언을 굳이 들먹이지 않더라도 세상 가장들은 위대한 긍정의 힘을 가지고 있다. 지금 저 남자도 가족의 행복을 위해 이 첫새벽부터 일터로 나왔겠지 싶어, 방금 출근한 남편을 생각한다. 그 사람도 가장이라는 이유로 그 많은 세월 찬바람 맞아가며 출근길에 나섰을 거라는 마음에 생각이 깊어진다.

차가 거의 식어갈 즈음 그 일이 끝났다. 차가 식었으니 새로 가지고 오겠다는 내 말에 식은 것이 먹기가 더 좋다며 환하게 웃는다. 입김을 하얗게 뿜으며 맛있게 차를 마신다.

정화조 옆에 작은 맨홀이 있다. 하수구 물을 받아 내보내는 역할을 하는 곳이다. 오랫동안 버려두면 이곳도 오물이 쌓여 냄새가 나기 쉽다. 망설이다 조심스럽게 부탁했더니, 흔쾌히 그것마저 깨끗하게 청소해준다. 고맙다고 인사하는 내게 오히려 복 많이 받으라고 복을 주고 돌아간다.

유쾌한 아침이다.

긍정의 힘은 전염이 되는지 내 마음도 즐거워진다. 누구나 꺼리는 그 일을 세상에서 가장 괜찮은 직업인 양 일을 마치고 돌아가는 그 젊은 미화원으로 인해 긍정의 힘을 얻는다.

직업에는 귀천이 없다. '가난해도 만족하는 사람은 부자다'라는 셰익스피어의 말처럼, 내가 하는 일이 천직이라 여기며 그림을 그리듯 즐겁게 일하는 그 사람은 얼마나 멋지고 대단한 가장인가.

요즘 많은 사람이 좋은 직장, 좋은 일을 찾기 위해 온 힘을 다한다. 그 길이 순조롭다면 다행이지만, 얼마나 힘겨운 싸움인가. 세상에는 할 일은 얼마든지 있다. 정말 내가 좋아하는 일을 찾는다면야 더할 것 없이 좋지만, 남에게 보여주기 위한 마음으로 망설인다면 안타까운 일이다.

세상에서 가장 큰 힘은 긍정이라 믿는다. 긍정은 모든 것을 이겨나갈 수 있는 힘을 준다. 꽃망울 터지는 환희의 계절, 아직 찬란한 직업만 꿈꾸며 어두운 방 안에서 웅크리고 있는 젊은 사람들에게 그 멋진 미화원의 긍정의 힘을 전하고 싶다.

인생에서 가장 큰 재산은 긍정이라고!

2

늦게 피는 꽃

늦게 피는 꽃

그 집 앞
– 다시 부르고 싶은 그 노래

열아홉 살 되던 해 그가 사는 동네로 이사를 했다.

우리 집 맞은편 작은 개울 건너에 그가 살았다. 발돋움하고 바라보면 그의 집 뜰이 보였다. 웅장한 밤나무가 잿빛 기와지붕 위로 천하대장군처럼 우뚝 서 있고, 그 집 마당으로 이어지는 오솔길에 미루나무 한 그루가 장대처럼 서 있다. 바람이 불면 비단 스카프를 두른 듯 이파리가 반짝였다. 그 길은 돌멩이 두어 개 놓인 작은 도랑으로 비밀 통로처럼 이어지고, 우리 집 앞마당을 지나 동네 어귀를 향해 소실점을 이룬다.

어느 날 우리 집 마당을 지나가는 그를 처음 보았을 때,

영화배우 같이 잘생긴 외모에 놀랐다. 큰 눈에 까만 눈동자가 유난히 광채가 났다. 첫눈에 반한다고 했던가. 무슨 말끝에 빙그레 웃는데 그 모습은 지금까지 잊히지 않는다.

한동네 살았지만 자주 볼 수 없었다. 마침 4H 클럽 활동이 한창이었다. 우리 마을에도 그 사람으로 인해 4H 클럽이 조성되었다. 통솔력이 강한 그가 회장을 맡아 열심히 이런저런 사업을 추진하여 마을에 기금을 모으기도 했다. 그런 그가 참으로 대단해 보였다.

마을에는 고만고만한 내 또래 여자아이들이 많았다. 그 친구들은 그를 무척 따르고 좋아했다. 특히 동네에서 유일한 가겟집 딸이 그를 보는 눈빛이 달랐다. 외지에서 갓 이사를 온 나는 그를 만나면 이만 치에서 그저 수줍게 웃기만 했다.

어느 날 청년단체에 연수를 다녀온 그가 수첩을 여러 권 사서 4H 클럽 회원들에게 일일이 나누어 주었다. 그 수첩은 나에게 소중한 선물이었다. 날마다 들여다보며 그에게 향한 마음만큼 만지작거렸다. 어쩌면 그 수첩은 나를 문학의 길로 인도한 비밀통로였는지 모른다.

수첩이 낡아갈 무렵, 하루는 양 날개를 씌웠던 비닐을

우연히 벗겨 보았다. 아, 거기에는 '기다려주오'라는 글씨가 동굴 속 벽에 새겨진 글씨처럼 뚜렷하게 쓰여 있다. 만나면 씽긋 웃어 주던 그 눈빛의 의미를 보물처럼 그 안에 감추어 놓았다.

어릴 때 소풍을 가면 보물찾기라는 행사가 있다. 종이를 접어 돌 틈이나 나뭇가지, 꽃가지 사이에다 꽂아 놓고 그것을 찾는 아이에게는 선물을 주었다. 그 보물을 찾기 위해 우리는 야산을 벌목꾼처럼 헤매곤 했다. 하지만 나에겐 행운이 오지 않았다. 찾기 쉽게 숨겨 둔 그 흔한 쪽지 한 장도 찾지 못했다. 친구들이 찾아낸 보물을 바라보고 그저 부러워만 했다.

그가 숨겨놓은 '기다려주오'란 이 다섯 글자를 찾는 데에는 오랜 시간이 걸렸다. 그렇게 깊숙이 감추어 놓고, 내가 찾아내기를 바랐던 그도 무던하지만, 그보다 더 무던한 나는 그에게 보물을 찾았다는 내색도 하지 않았다. 오랜 세월이 지난 지금까지도.

그 이후로도 우린 서로 아무런 언약도 한 적 없고, 남다른 만남도 없었다. 그러나 그 수첩 속에 숨겨놓은 다섯 글자의 의미를 알기에 그냥 이만큼에서 바라만 보아도 좋았다.

'기다려주오'라는 보물을 찾은 다음부터 은연중에 '그 집 앞'이라는 가곡을 도돌이표처럼 반복해 부르곤 했다. 멀리 보이는 그 집 뜰을 바라보며 서성이기도 했고, 일부러 그 집으로 건너가는 작은 도랑에서 빨래를 하기도 했다. 그가 집으로 가려면 개울을 건너야 하고, 마을을 벗어나려고 해도 반드시 그 개울을 건너기 때문이다.

 노래 가사처럼, '그리워 나도 몰래' 기다리곤 했지만, '오히려 눈에 띨까' 조바심했다. 그로 인해 김소월의 〈진달래꽃〉, '가시는 길 사뿐히 즈려밟고 가시옵소서… 죽어도 아니 눈물 흘리오리다'의 역설을 온몸으로 체험하며 이십 대 시절을 보냈다.

 애틋한 내 마음을 시새움이라도 하듯 불청객이 찾아왔다. 어려서부터 앓아온 중이염이 도져서 얼굴에 마비까지 왔다. 어느 날 중이염 수술을 받기 위해 도회지에 사는 언니네로 갔다. 잘 있으라는, 잘 가라는 인사 한마디 없이 그곳을 떠났다. 더욱 슬픈 것은 얼마 후, 우리 집도 그곳을 떠나 이사를 했다. '그 집 앞'은 한숨처럼 아련한 옛 추억이 되었다.

 계절은 돌고 돌아 연둣빛 계절이 돌아왔다.

 그때 그와 꼭 함께하고 싶었던 것이 있다. 연둣빛 물감이 온 누리에 번지는 오월이 오면 어스름 초저녁에 논둑에 앉아 개구리 소리를 함께 듣고 싶었다. 그러나 간절한 나의 바람은 이루어지지 않았다. 그곳을 떠남과 함께 안개처럼 세월 속에 묻히고 말았다. 오랜 세월이 흐른 지금도 개구리 소리는 '그 집 앞'처럼 내 마음속에 그리움으로 남는다.

아마도 용기가 없어서였을 것이다. 엄마가 늘 "그 아는 너무 잘나서 안 된다. 잘나면 맘고생 한다"고 말했던 것처럼, 잘난 사람은 잘난 사람 만나야지 하는… 이것이 이유가 되지 않겠지만, 우리의 만남은 비껴가고 말았다. 거기까지였다. 그는 그대로 나는 나대로 가슴앓이를 허공에 삭였다. '기다려주오'라는 무언의 약속을 나는 끝까지 지키지 못했다.

오가며 그 집 앞을 지나노라면 그리워 나도 몰래 발이 머물고
오히려 눈에 띌까 다시 걸어도 되 오면 그 자리에 서졌습니다.
— 이은상 작사, 현재명 작곡

세월이 가뭇없이 흐른 지금도 버릇처럼 '그 집 앞' 그 노래를 부르다 보면 어느새 연둣빛 그 시절로 돌아가 있곤 한다.

늦게 피는 꽃

281번에 체크하고 번호표를 받아 열람실로 향한다.

늘 그랬던 것처럼, 열람실 맞은편 옥상 쉼터에서 커피를 뽑는다. 익숙한 향기가 반갑다. 방송대 사 년간, 이 자판기에서 내가 마신 커피는 몇 잔이나 될까. 이제는 도서관 노천카페 커피믹스 맛에 길들어서 쌉싸름한 원두커피 맛이 낯설다.

오랫동안 내 집 드나들듯 했던 이 만안도서관은 나에겐 언제나 새로운 꿈을 꿀 수 있는 유일한 안식처다. 사계절을 수없이 보내는 동안 빈자리로 나를 반겨주던 281번, 그 작은 여백의 따스함이 오늘도 무심코 나를 끌어다 앉힌다.

'이상은 높게, 꿈은 크게' 꾸라고 했던가.

"나는 살아오면서 꿈꿔온 것을 다 이루었다." 언젠가 내가 이렇게 말을 하니까 사람들은 엄청나게 큰 꿈을 이룬 줄 알고 참 대단하다고 했다. 하지만 내가 이룬 꿈은 남들이 볼 때 지극히 보잘것없는 것들이다. 다만 나에겐 절실한 것이라, 간절히 바라고 그것을 이루기 위해 무던히 노력했을 뿐이다.

가난한 농부의 딸로 태어난 나는 상급학교에 진학하지 못했다. 배움에 대한 못다 핀 가슴은 늘 찬바람이 일었다. 꽃피우지 못한 목마름은 늘 새로운 도전으로 밀고 갈 수 있는 버팀목이 되어주기도 했다. 그로 인해 무던히 읽고 쓰고 다져온 노력으로 늦은 나이에 검정고시 학원에 입학했다. 배움에 목마른 나는 온 열정을 다해 마침내 고등부 과정을 마치게 되었다. 그때의 기쁨은 그 어떤 것도 대신할 수 없는 기쁨이었다. 때늦은 졸업장을 받던 날 세상에서 가장 기쁜 눈물을 흘렸다. 엉엉 소리 내어 울었다.

뼈저린 나의 노력은 단국대 국어국문학과 만학도 부문에 수시로 합격하였다가 면접에서 탈락하는 쓰라림을 겪었다. 과도한 욕심의 결과라 여기고 방송대 국어국문학과에 입학해 4년 만에 무사히 졸업하였다.

4년 내내 내가 좋아하는 국문학 공부를 할 수 있어서 얼마나 행복했는지 모른다. 국회도서관, 중앙도서관, 석수도서관, 만안도서관, 평촌도서관, 호계도서관… 내로라하는 도서관을 열람하며 다람쥐 도토리 찾듯, 자료를 찾아 헤맸다. 국문학에 대해 알아가는 희열은 지칠 줄 모르는 에너지를 공급해 주었다. 그런 날들은 나에게 빛나는 봄날이 되어주었다. 올림픽에서 금메달을 따면 이보다 더 행복할 수 있을까.

2000년대 최첨단 문명이 치솟는 디지털 시대에 발맞추어 공부할 수 있었기에 더욱 감사하다. 그로 인해 아날로그를 면할 수 있었고, 유비쿼터스(ubipuitous)에 발맞출 수 있었다.

사람은 누구나 인생에 한 번은 반드시 꽃을 피운다고 한다. 나는 불혹의 나이에 비로소 꽃을 피웠다. 늦게 핀 꽃이다. 들국화가 보랏빛인 것은 찬바람 가슴에 안아 멍들은 아픔일지도 모른다. 나는 화려한 봄꽃이 지고, 우아한 여름꽃이 지고, 찬바람 이는 늦가을 들녘에 보랏빛으로 피어나는 한 포기 들국화였다.

모든 것을 이루었다는 것은 작은 꿈이었기에 가능했다. '이상은 낮게 꿈은 작게' 꾸었기에 이룰 수 있었던 행복이다. 나 자신이 조금만 더 노력하면 이룰 수 있는 것들, 조금 덜 자고, 조금 더 부지런하여 얻어낸 시간이 꿈을 이루게 했다. 그것은 돈 주고도 살 수 없는 큰 결실이다. 어쩌면 내가 지나치게 큰 욕심으로 허망한 꿈을 꾸었다면 하나도 이루지 못했을 것이다. 단국대에서 탈락한 것처럼.

비록 작은 꿈이지만 이것들을 이루기에는 큰 용기가 필요했다. 아무리 작은 것이라도 그 뜻을 이루기까지는 거기에 주어지는 무게만큼 생채기가 생기기 마련이다. 한고비, 한고비 넘길 때마다 생겼던 생채기들은 마침표를 찍을 때마다 기쁨을 주는 표창과도 같았다.

아마도 나에게 용기가 없었다면 '때문'이라는 부정어만 쓰는 아낙에 지나지 않았을 것이다. 나는 언제나 '그럼에도 불구하고'라는 긍정어를 쓰며 살아간다.

'자존심은 남에게 굽히지 않고 남에게 존경받고 싶은 마음'이라고 한다. 그래서 자존심은 남이 주인이라고 한다. '자존감은 나를 소중하게 여겨 자신에게 존중받고 싶은 마음'이라고 한다. 그래서 자존감은 내가 주인이라고 한다.

나는 남보다 나에게 존중받고 싶다. 나를 행복하게 해주고 싶다. 나에게 자존감이 없었다면 아무것도 이루어내지 못했을 것이다. 뒤늦게 하는 공부가 부끄러워 자존심만 내세워 멀리하였다면 내가 하고 싶은 공부는 영영 못 했을 것이다.

나는 아직도 꿈꾸며 산다.

새로 시작할 때마다 생애 마지막 꿈이라고 생각하며 도전한다. 끝물에 맺힌 꽃망울까지 피우기 위해 온 힘을 다한다. 새해도 새로운 꿈을 꾸기 시작했다. 며칠 전, 바리스타가 되기 위해 YWCA에 들러서 내가 바라는 또 하나의 꿈을 향해 도전장을 내밀었다.

이 꿈도 꼭 이루어지리라 믿는다. 이루어지지 않더라도 실망하지 않는다. 꿈꾸는 동안은 무한하게 행복할 테니까.

봄이 저만치에 서성이는 만안도서관 뜰은 아직 바람결이 차다. 빈 가슴으로 서 있는 나뭇가지 사이로 둥지를 트는 까치들이 분주하다. 그들의 보금자리가 무성한 잎으로 가려질 때쯤, 새 생명의 외침이 요란하리라. 엄마가 기다리는 친정집처럼, 앞으로도 이 도서관 열람실 281번은 언제나 나를 기다릴 것이다. 새로운 도전장이 백지화되지 않기 위해 까치가 둥지를 틀듯 부지런히 노력할 것이다.

먼 훗날, 누군가가,

"그 꿈도 이루었나요?" 하고 물으면 해바라기처럼 배시시 웃으며, "그럼요"라고 대답할 수 있길 바라며….

깨어나다

아이 셋을 체르니 30번만 겨우 떼고 더는 피아노학원을 보내지 못했다. 학원을 그만두자 피아노는 잠자는 시간이 많아졌다. 서로 다투어 치겠다고 아우성치더니, 학년이 올라갈수록 점점 거리가 멀어졌다. 그러다 어머님이 아버님과 각방을 원해 피아노가 있는 아이들 방을 내드렸다. 아이들은 방을 빼앗겼다는 이유인지 더는 피아노 앞에 앉지 않았다.

그렇게 피아노는 어머님과 동거로 깊은 잠에 빠져들었다. 3년에 한 번은 조율해야 하는 것을, 10년이 넘도록 조율 한 번 못하고 잠들어 있다. 울지 못하는 피아노는 그렇게 어머님 지병과 함께 노화되어 갔다.

어려웠던 시절, 큰 결심으로 피아노를 장만했다.

어른들 눈치 보며 생활고에 쪼들리면서도, 딸 셋 중에 하나라도 뛰어난 음악적 소질이 있을지도 모른다는 기대에 거금을 투자했다. 가난했어도 내 새끼에 대한 열정은 대단했으니까. 그러나 내 기대는 어긋났다. 아이들은 그저 좋아할 뿐, 피아노에 장래를 걸지는 않았다. 오히려 내가 더 피아노를 좋아했다. 어린 시절 나에게 피아노는 너무나 먼 당신이었다. 그것에 대한 집착인지 애착인지 내가 더 많이 피아노 앞에 앉았다.

아이들이 학교에 가고 나면, 물 만난 수달처럼 열심히 악보를 들여다보며 피아노를 배웠다. 왼손이 움직이면 오른손이 따라 하고, 오른손을 움직이면 왼손이 자석처럼 같이 따라 했다. 각자 반주와 곡을 따로 쳐야 하는 예술적 기능을 터득하지 못해 수도 없이 반복하고 노력했다.

어느 날, 피아노 방에서 '학교종' 동요가 흘러나갔다. 그것도 반주와 박자가 제대로 된 완벽한 곡으로 말이다. 잠자던 나의 예능이 깨어나는 것처럼 신기하고 대견했다. 집

안일이 끝나면 수시로 아이들 방으로 들어가 피아노를 쳤다. 그 시간은 번다한 그림자노동으로 늘 힘든 나에게 주는 유일한 보상이었다. 그 행위는 내가 피아노를 살 때보다 더 많은 눈치를 보아야 했다. 하릴없이 딩동 거리고 있는 나의 본새가 어른들 눈에는 그리 좋아 보이지 않기 때문이다.

그럼에도 불구하고 끈질긴 나의 노력은 그해 가을이 갈 즈음, 가곡 박문호 작사 김규환 작곡 '님이 오시는지'를 완벽하게 칠 수 있게 되었다. 그 가사와 곡은 30대를 막 보낸 내 감성을 울리고도 남았다. 애절한 가사와 곡을 남자가 썼다는 것이 더 감동으로 다가왔다. 기다림이란 애틋함을 어쩌면 그렇게 표현했을까 싶은- 아련한 첫사랑을 떠올리는데 더없이 간절한 세레나데였다. 막 불혹의 나이를 맞아 사추기에 접어든 나에게 그 곡은 완벽한 떨림이고, 순도 높은 고독이었다.

그 겨울이 지나고 봄이 올 즈음, 아우벨의 '로망스'를 거침없이 쳤다. 아이들도 놀라워했다. 자신들은 스스로 피아노를 멀리했는데, 악보 보는 것조차도 서툴렀던 엄마가 그 유명한 모차르트 '엘리제를 위하여'까지도 시도하고 있음에는 놀라지 않을 수 없을 것이다. 나도 내가 대견했다. 어느 모임에서도 많은 사람이 보는 앞에서 '로망스'를 악보도 없이 거침없이 치기도 했으니까.

활화산 같은 열정은 어머님이 피아노가 있는 방으로 거처를 옮기면서 끝나고 말았다. 딱 거기까지였다. 더 이상 피아노는 울지 못했다. 어머님 거처를 옮긴 후, 십 년이 넘도록 우리 집에 피아노 소리가 들리지 않았다. 따라서 내 손마디도 둔해졌으며, 절절히 가슴 떨리게 하던 순간도 아련해졌다. 피아노만 잠든 것이 아니다. 내 음악에 대한 열정과 불혹의 나이도 함께 깊은 잠에 빠져들었다.

어머님이 가시고 빈방을 서성이다 무심코 피아노 건반을 열어본다. 건반 위는 뽀얗게 먼지가 쌓였다. 제 음을 이탈한 것도 있다. 옛 기억을 더듬어 '학교종'을 쳐본다. 굳어진 손마디가 매끄럽게 음을 잇지 못한다. 그토록 가슴 저리게 쳐대던 '님이 오시는지', '로망스', '엘리제를 위하여…'를 한 곡도 제대로 칠 수가 없다. 울컥 서럽다. 십 년이란 세월은 그렇게 내 열정과 감수성을 지워 버렸다.

얼마 전이다.

작곡가 이영자 선생님의 '행복은 강물처럼'이라는 수필을 읽다가 내 가슴을 강하게 치는 떨림을 받았다. 팔십 평생 음악만 사랑하고, 음악을 먹고 산다는 그 선생님의 광적인 음악사랑은 내 안에 잠든 그 무엇을 다시 흔들어 깨운다.

그렇다. 어느 한순간 열정으로 배웠던 피아노에 연연할 것이 아니다. 굳어버린 손마디에 아쉬워할 것도 아니다. 이제부터는 귀가 깨어나야 할 차례다. 진정한 예술인은 볼 줄 알아야 하고, 느낄 줄 알아야 하고, 들을 줄도 알아야 한다. 제대로 들을 줄도 모르면서 감히 피아노를 치네 흉내를 냈던 것이 부끄럽다.

이제는 어떠한 행위보다 듣는 것의 즐거움을 알고 싶다. 이영자 선생님이 평생을 들으며 행복해했다는 '구스타브 말러 교향곡 5번 4악장 아다지에토'를 함께 공유할 수 있도록, 귀를 열 준비를 해야겠다.

내 가슴에 잠들어 버린 열정을 다시 깨워야겠다. 지난날 피아노를 치기 위해 그랬듯이 반복과 반복으로 음악을 들으며 무엇인가 내 마음을 허하게 했던 것을 채우고 싶다. 세월이 흘렀다고 무뎌지는 그런 얄팍한 재능이 아니라, 오랜 세월이 흘러도 빛바래지 않는 떨림을 갖고 싶다.

팔순의 나이에도 눈빛이 반짝이고 아름다운 표정을 지닐 수 있는 것은, 음악이라는 세계와 공유해온 덕일 것이다. 늦었지만 제2의 삶에 느낌표를 음악과 함께 하고 싶다.

"선생님, 저 귀를 열리게 해주세요. 처음에 무엇부터 들을까요?"

"슈베르트 '겨울 나그네'부터 들어요."

그런 연유로 우리 집에는 '슈베르트 겨울나그네'의 고독한 사랑의 선율이 끊이지 않는다. 간간이 '구스타브 말러 5번 4악장'을 듣기도 한다.

이제는 행위보다 많이 듣고, 침묵하는 즐거움으로 다시 깨어나고 싶다.

용타

어렸을 때 아버지는 아주 사소한 일에도 '용타(용하다)'라는 말로 칭찬을 하셨다. 물을 떠다 드려도 "용타" 담뱃대를 갖다 드려도 "용타" 학교를 다녀와도 "용타"⋯ 용타라는 아버지의 끊임없는 칭찬은 나를 소심하고 착한 아이로 자라게 했다. 지극히 올바른 사람으로 살아가는데 어긋남이 없게 했다.

그게 문제였다.

그렇게 칭찬을 듣고 자란 나는 관용과 긍정의 힘은 배웠을지 모르지만 냉철한 판단력이 부족하다. 아버지의 칭찬은 나를 기고만장하게 성장시킨 것이 아니라 무엇이든 순종하게 만들고 긍정하게 만들었다. '싫어요'라는 부정어를 잘 쓰지 못하는 나는 매사에 맥 없이 끌려갈 때가 많다.

용하게 자라온 탓에 어떤 사람을 만나든 그 사람의 좋은 점만 보게 된다. 사람마다 좋은 점은 분명 있다. 하지만 이면에 숨어 있는 다른 빛깔을 보려고 하지 않는 단점이 있다. 곤란한 제안을 받아도 냉정하게 거절하기가 힘들다. 어쩌다 거절이라도 하게 되면 미안한 마음에 며칠은 몸살을 앓아야 한다.

용하게 살아가는 나는 왜 그렇게 가슴에다 돌덩이를 얹었다 내려놨다 하는지… 되도록 죽고 사는 일 아니면 얼굴 붉히는 일 만들지 않으려고 한다. 그렇게 존재의 가벼움만을 추구하다 보면 작은 내 몸뚱이가 엄청나게 고되게 살곤 한다. '용타'라는 아버지의 칭찬은 그렇게 나를 모질지 못하게 만들었다.

우리 아버지는 칭찬을 빌미로 무엇을 이용하려고 하는 의도는 아니다. 그저 막내딸이 예뻐서 칭찬했을 뿐이지만, 사람들은 칭찬을 빌미로 무엇인가 숙제를 주려고 한다. 말로는 칭찬하면서 힘겨운 보따리를 넌지시 떠넘기기도 한다. 꼭 그런 것은 아니지만 용한 사람에게는 대놓고 무시를 하기도 하고, '아니요, 싫어요'를 못하는 사람에게는 더 많은 것을 요구하려고 한다. 그 속내를 뻔히 알면서도 내색하지 않는 것은 그 용타라는 칭찬을 들으며 성장한 탓이다.

요즘 사람은 칭찬을 듣지 않아도 제 몸 편한 것을 더 추구한다. 오히려 칭찬을 거부한다. 칭찬 싫어하는 사람이 어디 있으랴만은 구태여 칭찬 들어가며 제 몸고생, 마음고생 시킬 일 없다는 지론이다. 당돌하고 야무진 발상이다. 싫으면 싫고, 좋으면 좋은 것이 확실하다. 타협이 확고한 처세는 용타와 질타를 적절하게 받고 자란 까닭이리.

'아니요', '싫어요'를 확실히 하는 사람이 좋다. 상대방이 상처를 받든 말든 자기 할 말 다 하고, 자기주장을 용감하게 밝히는 사람이 그렇게 부러울 수가 없다. 그런 용기가 눈부시게 멋있어 보인다. 때로는 그런 사람들에게 대리만족하기도 한다.

사전을 보면 '용하다(용타)'의 뜻이 두 가지 의미가 있다. 하나는 '기특하고 훌륭하다'이고 하나는 '어리석고 순하다'이다. 우리 아버지는 분명 나를 기특하고 훌륭하다는 뜻으로 칭찬했을 테지만, 세상은 용한 내 행동을 '어리석고 순하다'로 받아들이기 쉽다. 하지만 아버지의 '용타'라는 칭찬 뜻을 저버리지 않으려고 한다. 아버지 칭찬 속뜻에는, 세상을 슬기롭게 살아가는 힘과 여유로움, 이타심이 깊숙이 스며든 외유내강의 기상이 숨어 있는 까닭이다.

아버지의 '용타'라는 칭찬으로 인해 오랜 시집살이도 잘 견뎌왔고, 타협을 모르는 남편과 부조화도 슬기롭게 잘 이겨내고 있다. 새파랗게 날이 선 세상살이에도 몽돌처럼 견디며 둥글게 잘 살아가고 있다. 내가 기특하고 훌륭하게 살아왔든, 어리석고 순하게 살아왔든 상관하지 않으려 한다.

하지만… 이제는 버리고 싶다. 아버지의 '용타'라는 칭찬에서 비껴 살고 싶다. 그동안 충분히 어리석고 순하게 살아왔으니 이제는 내 삶의 텃밭에 '이기적'인 종자를 뿌려보고 싶다. '부정'이라는 돌연변이도 파종하고, '안일'이라는 꽃나무도 심어보고, '얄미운' 종자와 '싫어요'라는 부정어도 좀 심고 싶다. 이제 '용타'라는 종자는 버려야겠다.

사실… 그게 쉽지는 않겠지만.

그곳에서

　작은 무대가 설치된 '예술통 코쿤홀'에서 시낭송회와 함께 목성균 문학세계에 대하여 일현 선생님의 강연이 있는 날이다. 지금까지 보아왔던 문학 행사와는 사뭇 다르게 소박하고 운치가 있다. 아늑하면서도 정감이 있고, 사치스럽지 않으면서도 품격이 있는 문학 행사에 슬그머니 빠져든다.

　언젠가 글벗 추천으로 목성균 『누비처네』를 읽었다. 626p나 되고, 101편이나 되는 작품이 실린 수필전집 한 권을 몇 날 며칠 밤새워 정독했다. 그 작품을 읽다 보면 자꾸만 그 속으로 빠져들게 된다.

목성균 작품들은 수필이라기보다 소설에 더 가깝다. 짧은 글 속에는 무한한 삶의 애환과 진솔한 이야기가 숨 쉬고 있다. 『누비처네』 수필전집 한 권은 한 시대의 역사가 고스란히 담겨있는 문학관이다.

어릴 때 부모님에게서 들었던 잊혀가는 어휘, 명사, 단어… 이런 것들이 이 책 속에 고스란히 언어의 유충이 되어 꿈틀거리고 있다. 무엇보다도 이 수필집을 읽다 보면 누가 한 대 쥐어박지 않았는데도 아프고 슬퍼진다.

목성균 문학세계에 빠져 한때는 좌절하기도 했다. 조잡한 내 글솜씨를 어디에 내놓기가 부끄러웠다. 『누비처네』는 그렇게 내 가슴 속에서 지독한 몸살을 앓게 했고, 다시 글을 쓸 수 있는 힘이 되어주기도 했다. 나만이 겪은 지독한 열병이다.

오늘 시낭송은 목성균 작품으로 잔치를 벌인다.

'수탉', '누비처네', '세한도', '아버지의 강', '어떤 직무유기' 이 작품들은 수필 낭송가의 진솔한 표현력과 감성으로 전해져 더욱 뜨거운 울림을 받는다.

수필 낭송으로 '누비처네'를 듣고 있으려니 잊고 있던 지난날이 내 앞에 성큼 소환되어 온다. 잊었던 누비처네를 그곳에서 만난 까닭이다. 낭송을 듣는 내내 실컷 울었다.

　오래전 나에게 연둣빛 누비처네가 있었다.

　딸 둘을 키우는 동안 분홍빛 누비처네가 닳고 낡아서 버린 뒤였다. 대 이을 욕심에 느지막이 셋째를 임신했다. 산달이 다가올 무렵, 시어머님이 연둣빛 누비처네를 장만해주셨다. 그러나 아들이기를 바랐던 막내는 또 딸이었다.

　누가 그리하라 눈치 주지 않았지만, 날마다 막내를 등에 업고 대식구 속에서 번다한 집안 살림에 매여 살았다. 업고 설거지하고, 청소하고 때로는 업고 빨래도 빨아가면서— 연둣빛 누비처네는 그렇게 내 일상에서 유용한 도구가 되어주었다.

　막내가 자라고 더는 소용 가치가 없는데도 차마 그 처네를 버릴 수가 없었다. 어머님이 내게 주신 유일한 선물이기도 하지만, 미련이 남아 돌돌 말아 장롱 깊숙이 넣어두었다. 어느 해 장롱 속에서 나이 들어가는 그 처네를 미련 없이 버렸다.

　기억 속에 사라졌던 처네가 다시 내 앞에 소환된 것은, 큰딸이 시집가서 첫아이를 낳았을 때다. 우리 집 아래채로 이사와 육아 도움을 받을 때, 처네는 상당한 효용 가치를 발휘했다.

요즘 젊은이들은 아기를 업지 않고 앞으로 안아 어깨에 거는 아기 띠를 사용한다. 업으면 아기 다리가 휘어진다는 둥, 가슴에 심장 소리를 듣게 해줘야 한다는 둥— 여러 가지 이유로 처네 포대기를 멀리한다. 딸아이 직장 관계로 내가 육아를 돌봐야겠기에 불편한 슬링 띠를 마다하고 처네를 원했다.

딸아이가 빨간색 처네로 사주겠다는 것을 말리고, 지난날 어머님을 떠올리며 연둣빛 누비처네로 우겨 장만했다. 내가 그토록 애타게 낳고 싶어 했던 아들을 딸아이가 낳았다. 대리만족 같은 그 무엇이 나에게 초능력을 부여했다. 날마다 업어줘도 허리가 아프지 않았다. 내 등에서 무럭무럭 자라는 손자를 보면 절로 힘이 났다.

금쪽같은 큰아들이 딸 셋을 낳고 대를 끊었을 때, 어머님 가슴은 무너져 내렸을 것이다. 어머님께는 맏며느리로서 돌이킬 수 없는 크나큰 직무유기를 한 셈이다. 늘 죄지은 마음이었다.

세 살까지 내 등에서 살다시피 한 손자는 동생을 보면

서 밀려났다. 이미 내 허리가 지탱할 수 없을 만큼 몸집을 늘린 뒤기도 하다. 둘째 손녀가 태어나자 양가 모두 딸이라고 좋아했다. 딸 셋을 낳아도 한 번도 받아보지 못한 것을, 딸은 나라를 구한 용사처럼 치하를 받았다.

딸이 대세인 요즘, 시대의 흐름으로 따지자면 딸로 태어난 손녀가 엄청난 대우를 받아야 마땅하다. 분홍빛 고운 처네를 새로 마련해 둥개둥개둥개야 하고 업어 키웠어야 했는데, 기어코 손자가 쓰던 낡은 연둣빛 누비처네로 업어 키웠다.

둘째 손녀가 업어줄 수 없을 만큼 자란 후, 처네는 더 이상 소용가치가 없어졌다. 모서리마다 닳아서 누빔 속 솜이 삐져나오고, 수시로 손길이 닿은 끈은 꼬질꼬질 너덜거렸다. 그렇게 아이 둘을 키우는 동안 처네는 서사처럼 늙어갔다. 위대한 업적을 남기고 미련 없이 마침표를 찍었다.

목성균 '누비처네'는 며느리가 손자를 순산한 지 백일이 넘도록 타지에서 돌아오지 못하는 아들의 무성의함을 대신한다. 경제적으로 여의치 않아 빈주먹으로 차마 돌아올 수 없는 아들에게 돈을 부쳐서 누비처네를 장만하게 하여 며느리의 마음을 헤아려 준— 그로 인해 아내는 평생 남편에 대한 고마움을 간직하게 한 시아버지의 깊은 배려가 담긴 작품이다.

나에게 연둣빛 누비처네는 한 가문의 대를 이어야 한다는– 손자이길 바라고 사다주신 시어머님의 간절한 소망이 깃들어 있다. 연둣빛은 아들을 상징한 것으로 반드시 아들을 낳아야 한다는 무언의 권고장 같은 것이기도 했다.

오랜 세월이 지나도 잊히지 않는 슬픔 같은 기억이, 가끔 울컥 목울대를 뜨겁게 한다.

이름 앞에 이름

아침나절에 박 선배님이 운영하는 공인중개소에 들렀다.

선배님은 막 출근해서 사무실 바닥을 물걸레로 닦고 있다. 메케한 먼지 냄새가 훅 풍기는 가게 문을 밀고 빼꼼히 얼굴을 들이밀었다. 지나는 길에 커피 한 잔 얻어먹으려고 왔다는 내 말에 선배님은 반갑게 맞아준다.

선배님은 오늘따라 얼굴빛이 수척해 보인다. 엉거주춤 서 있으려니 들었던 대걸레를 구석에 세워놓고 직접 커피를 타주겠다며 나를 소파로 밀어 앉힌다. 사무실 책장에는 많은 책이 시인 선배님을 대변하듯 어깨를 맞대고 지켜보고 있다.

꽃샘추위가 한창 약이 오른 이월 막바지, 손에 온기를 전해주는 종이컵 속의 커피가 식어가는 동안, 선배님은 내게 호號를 지어주겠다고 한다. 호는 주로 훌륭한 사람들이나 갖는 이름 같아서 좀 멋쩍기는 하지만, 선배님이 지어주신다니 은근히 기대된다.

선배님은 호는 너무 거창해도 안 되고, 지나치게 큰 의미를 담아서도 안 된다면서 태어난 지명을 묻는다. 나는 강원도 깊은 오지 '은골'에서 태어났다. 그 지명 첫 글자를 딴 '은銀'자와, 나무 중에 소나무를 제일 좋아한다니까 '송松' 자를 붙여 은송銀松이 좋겠다고 무릎을 탁 친다. 금송도 좋지만, 금은 좀 거만한 것 같고 은은 겸손해 보여서 좋으니 은소나무로 하면 어떻겠냐는 선배님 뜻풀이가 더 마음에 든다. 그렇게 '은송'이라는 예쁜 이름을 갖게 되었다.

호號는 우리나라와 중국에서 본명이나 자 외에 허물없이 부르기 위해 쓰는 이름을 통틀어 이르는 말이라고 한다. 역사적 큰 인물은 대부분 호를 가지고 있다. 승려, 시인, 독립운동가 한용운은 만해萬海라는 법호를 가지고 있고, 독립운동가 김구 선생님은 백범白凡이라는 호를 가지고 있으며, 조선 으뜸가는 학자 이이李珥는 율곡栗谷, 석담石潭, 우재愚齋라는 여러 개의 호를 가지고 있다. 역사상 호를 가장 많이 가지고 있는 인물은 추사체의 창시자 김정희다. 그는 약 200개의 호를 지어 썼다고 한다. 추사, 원당, 노과….

유명인이라고 해서 다 호를 갖는 건 아니지만, 왠지 호를 가질 수 있는 자격은 대단한 인물이라는 편견이 있었다. 그런 이유로 호를 가지는 건 나에게 가당치도 않다고 여겼다.

서른 즈음에 서예학원 다닐 때, 원장선생님이 '일정一亭'이라는 호를 지어주셨다. 나이에 비해 너무 거창한 이름 같아서 꼭꼭 숨겨두었다. 『비밀 있어요』 두 번째 수필집을 냈을 때, 김대규 선생님이 '소당素堂'이라는 호를 지어주셨다. 희고 소박한 작가로서 글쓰기에 정진하라는 뜻으로 지어주신 이름이다. 이 호도 나에겐 너무나 과분한 이름 같아서 고이 모셔놓는 중이다. 한시漢詩의 대가이신 강영서 선생님이 '글 나무' 뜻을 가진 '문수文樹'라는 호를 지어주셨다. 글쓰기에 더욱 정진하여 나무처럼 쑥쑥 자라는 수필가가 되라는 뜻일 것이다. 이 호도 나에겐 너무나 과분한 이름 같아서 내 글이 더 철들 때까지 숨겨놓을 참이다.

선생님들께서는 나에게 알맞은 이름을 짓기 위해 고심하셨을 것이다. 그러기에 더없이 소중한 이름이다. 그 이름에 누가 되지 않기 위해서라도 글쓰기에 최선을 다하려고 한다. 내 글이 독자들에게 부끄럽지 않고, 내가 더 나이가 들면 자랑스럽게 내 이름 앞에 그 이름을 쓰려고 한다.

박 선배님이 지어주신 '은송'이라는 이름은 따뜻한 사랑방 같은 느낌을 준다. 대단하지 않고 소박한 이름 같아서 정감이 간다. 선배님이 말하는 은송이란, 한겨울에 흰 눈을 소복이 뒤집어쓰고 서 있는 소나무를 말한다. 은세계에 홀로 푸르기 미안해서 흰 눈으로 자신의 기상을 반쯤 가리고 서 있는 겸손한 소나무다. 은송처럼 독자들에게 겸손함과 위로를 줄 수 있는 작가가 되라는 의미로 지어준 이름이다.

어렸을 때, 강원도 산골에 살면서 은송을 참 많이 보며 자랐다. 한겨울이면 온통 백색 천지에 흰 눈을 뒤집어쓰고 반쯤만 내보이던 녹색빛, 그윽한 수묵화, 여백의 아름다움은 세상 어디에도 견줄 수 없는 예술의 극치였다.

소나무는 인정이 많아 고요히 내리는 눈을 매몰차게 뿌리치지 못한다. 솔잎에 쌓이는 눈송이를 다 받아 안고 있다가, 그 힘이 버거워 부러지기도 하고 뿌리째 넘어지기도 한다. 그렇듯 나약하기도 하지만, 사계절 푸른 외유내강의 나무이기도 하다.

은소나무의 겸손함을 알게 해준 선배님과 오전 한때를 보내고 자리에서 일어선다. 은은 왠지 금보다 겸손해 보여서 좋다는 말 속에는 선배님이 얼마나 겸손하게 세상을 살아가는지를 말해준다.

가시를 품고 찾아온 꽃샘추위가 멋쩍어서 발걸음을 돌릴 만큼, 훈훈한 이야기로 반나절을 보내고 돌아오는 길은 따사롭다. 은소나무라고 지어준 이름처럼, 더 겸손하고 더 깨끗한 삶을 살고 싶다.

자연에서 태어나고 자연에서 잔뼈가 굵었다. 금산에 옥이라는 본 이름에 이어, 은송이라는 호가 정감이 가는 것은, 자연과 결코 분리될 수 없는 나인 까닭이다. 그래서 은송이 좋다. 그러나 은송이라는 이름도 언제쯤 내 이름 앞에 놓일지는 아직 미지수다.

보랏빛 편지

집을 나서자 삼복염천 바람결에 숨이 턱 막힌다.

대문을 나서려는데 우편함에 삐죽이 꽂혀 있는 보라색 편지봉투가 눈에 들어온다. 친필로 곱게 써 내려간 주소 아래, 내 이름 석 자가 삼복더위를 몰아낸다. 얼른 편지를 가방에 넣고 도망치듯 집을 떠난다.

나는 지금 나만의 쉼터가 필요하다. 눈 뜨면서부터 어둠이 내릴 때까지 구속받는 현실에서 잠시 벗어날 수 있는 나만의 여백이 절실하다. 요즘처럼 찌는 더위 속에선 더욱 그렇다. 보이는 것마다 내 손길이 필요하고, 돌아서면 연신 부딪치는 물결처럼 끝도 시작도 없는 일이 쌓였다.

시부모님 돌아가시고 나면 자유가 주어질 줄 알았다. 오랜 세월 알게 모르게 얽매인 삶에서 자유를 꿈꾸며 살았다. 얘야, 하고 부르면 엉덩이 바짝 들고 달려가야 하는 거리에서 늘 시부모님 바라기로 빼앗긴 내 시간. 그러나 시부모님 돌아가시고 나니 또 다른 인연이 나를 구속한다.

딸아이 시집보내면 내 일이 그만큼 줄어들 줄 알았다. 살림에 어설픈 딸아이에 대한 SOS는 한도 끝도 없이 이어진다. 손자가 태어나고 손녀가 태어나고, 한 아이가 아프면 또 한 아이가 아프고, 크고 작은 걱정거리는 연신 내 시간을 훔쳐간다.

남편이 정년퇴임을 하면 내 일이 줄어들 줄 알았다. 날마다 다림질 안 해도 되고, 새벽에 일어나 아침밥 안 챙겨도 되고, 여유로운 시간이 나를 기다릴 줄 알았다. 그것은 어디까지나 내 희망 사항에 불과하다. 개선장군처럼 귀환한 남편은 내 일거수일투족에 시시콜콜 잔소리를 가하고, 더 많은 일거리를 만들어준다. 평소엔 몰랐던 것들이 고개를 쳐들어 사사건건 부딪치는 일들이 구속한다.

나이 들면 할 일도 줄어들 줄 알았다. 오랜 세월 시부모 봉양했고, 가족을 위해 봉사하며 살았다. 아이 셋 뒷바라지에 한허리가 휘었으며, 삼십 년이 넘는 남편 직장생활 뒷바라지에 흰머리 성성해졌으니, 이제는 그 어디에도 얽매이지 않고 누리며 살아도 된다고 자부했다.

그런 꿈은 사라지고 여전히 구속에 얽매여야 하는 것을 보면, 나는 분명 전생에 황후였거나 누군가의 상전으로 군림하였나 보다. 아랫사람을 매정하게 부려먹기만 하고 해다 받치는 밥 먹으며 평생 희희낙락 살았나 보다.

카페에 들어서니 경쾌한 음악과 앳된 종업원 싱그러운 미소가 반긴다. 한결 산뜻해진 마음으로 구석 자리를 잡았다. 친절하게도 노트북을 쓸 수 있도록 콘센트까지 마련해준다. 가사도우미에서 신데렐라로 승격된 기분이다. 노트북을 펼치기 전에 우편함에서 꺼내온 보라색 편지봉투를 뜯었다.

얼마 만에 받아보는 손편지인가. 디지털에 밀려 사라진 손편지, 실시간으로 이루어지는 문명이 만들어낸 정보통신으로 인해 기다림의 오묘한 설렘이 사라진 요즘, 보랏빛 편지는 엄청난 기대로 다가온다.

얼마 전, 수필가로 등단한 K에게서 온 편지다. 등단 선물로 작은 노트를 선물했다. 좋은 글 많이 쓰라는 격려의 의미로 마음을 담아드렸는데, 이렇듯 크게 마음을 전해오리라곤 생각하지 못했다. 웬만하면 메시지로 보내왔어도 되었을 텐데 예쁜 봉투에다 친필로 정성 들여 쓴 장문의 편지를 보내온 것에 대한 성의가 놀랍다.

내용에는 살뜰하게 챙겨준 마음이 고맙고, 소녀로 되돌아간 느낌이라는 긴 사연이 쓰여 있다. 따지고 보면 아무것도 아닌 그저 작은 노트 한 권일 뿐인데 선물한 내가 부끄럽지 않게 더 큰마음을 보내왔다.

누군가에게 좋은 감정으로 남는다는 것은 행복한 일이다. 아무리 힘들어도, 현실에 구속되어도 누군가에게 도움을 주고 행복을 주는 길이라면 살아가는 보람이 있다.

살아가는 데 두 갈래의 삶이 있다.

'죽으면 썩어질 몸, 사랑하는 가족을 위해 조금이라도 도움이 된다면야 몸이 부서지도록 희생한들 어떠하리…' 하는 희생형이 있고, '한세상 태어나서 고생만 하다 죽으면 무슨 의미가 있으며, 내 몸 내가 아끼고 사랑해야지 지지고 볶으며 산다고 누가 알아주나. 아프면 나만 손해지…' 하는 '자기중심형'의 삶이 있다.

어느 것이 옳고, 어느 것이 나쁘다고 말할 수 없다. 희생하고 억울하다고 한탄할 바에는 '자기중심형'으로 살아가는 것이 좋고, 희생도 복이라고 여기며 살아가면 '희생형'도 좋으리.

보랏빛 편지봉투는 나를 '희생형'으로 살아가게 한다. '죽으면 썩어질 몸…' 잠깐 내 현실을 부정하고, 전생까지 들먹이며 나만의 안일을 생각한 것이 미안해진다. 나에게 가족이 없다면 얼마나 삭막할까. 살아가면서 부대끼는 불편함이 나에겐 더 큰 행복이라는 것을 보랏빛 편지가 말해준다.

집에 돌아가면 더 밝은 모습으로 가족을 대하리라. 보랏빛 편지 내용처럼, 작은 선물에 크게 감동하는 K의 마음처럼, 좋은 감정으로 살아가자.

돌아오는 길, 그 뜨거운 열기가 한결 서늘하다.

내가 되어볼 테다

초록초록 봄비가 내린다.

참 오랜만에 내리는 단비다. 꽃은 무성히 피어나고 만물이 술렁이는 계절, 이 아름다운 계절에 엄마는 나를 낳으셨다. 겨우내 품고 계시다가 따사로운 어느 봄날, 온 우주의 빛과 기를 모으며 산고를 치르셨다. 그렇게 나는 지구의 별이 되었다.

삼월에 태어났기에 특별히 축하를 받지 않아도 온 누리에 피어나는 꽃잔치로 그저 축복이다. 내 몸에 살과 뼈, 뜨거운 피가 자연과 온 우주의 정기를 흠뻑 받았으니 어찌 특별하지 않을까.

엄마 나이 마흔둘에 오 남매 끝물로 태어났다. 가뭄에 말라버린 논바닥처럼 나오지 않는 젖무덤을 부여잡고 빈 젖꼭지만 빨아야 했다. 젖을 제대로 먹지 못해 배배 꼬인 등나무 줄기처럼 제대로 걷지도 못했다. 또래 아이들에 비해 너무나 허약했다. 모든 것이 늦었다. 그런 나를 보며 '저러다 사람 구실도 못 하고 죽지' 싶어 애를 끓였다고 한다. 그랬던 내가 큰 병치레 없이 육십갑자六十甲子를 맞았다.

며칠 후면 외국으로 여행을 간다. 핑계를 대자면 환갑여행이다. 여행 날짜 안에 내 생일이 들어있다. 딸아이들의 계획된 깜짝 효도이기도 하다. 우리나라도 제대로 구경 못 했는데 외국 여행이 조금은 사치스럽기는 하지만, 이번 여행만큼은 무엇보다 내 맘대로 하고 싶다.

이런 용기를 낸 것은 이숙희 시인으로부터 '환갑'이라는 시 한 편을 받은 까닭이다. 봄비에 감성이 취기가 오르던 날, 느닷없이 이 시인을 만나러 갔다. 참 좋은 사람을 새해가 지나고 사월이 될 때까지 한 번도 만나지 못했다는 것은 이해할 수 없는 긴 시간이다.

이 시인은 '단꿈'이라는 옷가게를 운영한다. 가끔 이 옷가게에 들른다. 옷을 사러 가는 이유보다도 이 시인을 만나러 가는 마음이 더 크다. 마음 허한 날, 마트에 들러 냉커피 하나 사 들고 가서 이런저런 이야기 털어놓다 보면 그보다 더 진한 행복은 없다.

'보고 싶어 왔어요' 하기가 낯부끄러워 열심히 여행지에서 편안하게 입을 옷을 고른다. 되도록 남몰래 숨어 사는 뱃살을 숨길 수 있는 품이 넉넉한 치수를 찾느라 시간을 보낸다.

이 시인은 나와 동갑이다. 그녀는 정초에 환갑을 먼저 보냈다. 바람이 몹시 차던 어느 날, 안양예술공원 어느 닭갈빗집에서 마주 앉아 막걸리를 마시며 그녀의 환갑을 기렸다. 이 시인은 나와 동갑이지만 어느 모로 보나 나보다 한 차원 높은 인격자다. 그런 그녀를 늘 짝사랑하며 산다. 참 좋은 사람이 곁에 있다는 것은 큰 재산이고 소중한 선물이다. 행복으로 치면 여기에 비할 것이 없다.

이것저것 고르고 나오는 내 가방에 시 한 편 썼다고 봉투를 내민다. 시詩만 받겠다고 한참을 실랑이하다가 마지못해 봉투를 받아들고 집으로 왔다.

봉투 겉장에는 이런 시가 적혀 있다.

   환갑

   그렇게 길고 긴 날을/ 적잖이 헤매었으면/ 똑똑해질 때도
되었건만/ 몸도 병들고…
   바보에게 무어 성한 구석이/ 남아있겠냐마는/ 그래…그래
서/ 이제부터다
   내 맘대로다/ 내가 되어 볼 테다.

   추신:
   여행 잘 다녀오세요.
   많이 웃으시고…
   무엇보다 마음대로 하세요.

이 시는 꼭 나를 위해 쓴 것 같다. 시를 읽고 나니 용기
가 난다. 여행 기간 나의 부재로 어수선할 가정사를 싹 잊
기로 한다. 깁스한 것 같던 발걸음도 훌훌 벗어 버린다. 이
나이까지 오는 동안 참으로 수고한 나를 위해 며칠 게을

러진다고 생각하니 그렇게 마음이 가벼울 수 없다. 자꾸만 내가 똑똑해지려고 한다.

살아오는 동안 늘 어디엔가 틀에 맞춰야 했다. 잣대로 재며 어긋남이 없이 살아왔다. 그래야 모든 것이 조화를 이루는 가정의 평화라고 생각했다. 그 틀에서 벗어나면 엄마는 그러면 안 되는 거라고, 아내는 그렇게 하면 안 되는 거라고, 며느리는 그렇게 하면 절대로 안 되는 거라고…. 오이지 위에 돌멩이 눌러놓듯 그렇게 나를 꾹꾹 누르며 살았다. 그 길이 결코 잘못된 것은 아니지만 이제는 몸도 마음도 다 아프다. 그래, 이제부터다. 내 맘대로다.

내가 되어 볼 테다.

3

옥잠화

옥잠화

목도리

모르는 전화번호가 계속 폰 화면에 뜬다.

"여보세요."

"형님 저예요. OO 엄마예요."

30여 년 전 이혼하고 모습을 감춘 손아래 동서다. 목소리를 듣는 순간 가슴이 먹먹해 온다. 반가움과 갑작스러움에 말까지 더듬는다. 오랜 세월 어디서 어떻게 살고 있는지, 바람처럼 사라진 후 내내 소식도 없던 사람이다. 꼭한번 만나고 싶었다. 우리가 헤어지던 그때는 서로의 나이가 서른 즈음이었다. 어느 날, 잘 있으라는 잘 가라는 인사도 없이 그녀는 떠났고 나는 남았다.

지난해 가을 조카가 결혼했다. 어머니 자리를 큰엄마인 내가 대신하여 혼주 역할을 했다. 어디선가 늘 자식의 안일을 지켜보았는지 아들 결혼을 빌미로 연락이 온 것이다. 본인을 대신하여 준 것에 대해 고맙고 미안하다면서….

　얼떨결에 만나자는 약속을 하고 전화를 끊었다.

　시집을 오니 손아랫동서는 벌써 아기엄마가 되어있었다. 맏아들이 먼저 장가를 가야 결혼식을 올려준다고 시부모님 만류로 식도 올리지 못한 채 시집살이를 하고 있었다.

　맏며느리인 나는 밥 한 번 해보지 않고 시집을 온 터라 모든 일이 서툴렀다. 그런 반면 동서 손끝에서는 어떤 것도 옹골차게 완성이 되었다. 그런 동서에게 김치 써는 것부터 반찬 담는 것까지 세세하게 배웠다. 일 잘하는 동서를 보고 있으면 차라리 동서가 형님이었으면 좋겠다는 생각을 하기도 했다.

　시집가면 아는 것도 물어보고 하라는 친정엄마 가르침이 있었다. 그 집안에는 그 나름대로 법도가 있을 것이니 아는 체 나서지 말고, 마늘 한 쪽을 찧어도 물어보고 하라는 엄마 말대로 시시콜콜 물어보는데 능했다. 그런 나에게 동서는 다정하게 일러주었다. 그때 동서 나이는 스물둘이었다.

내가 겨울에 결혼식을 올리고 이듬해 봄, 동서가 결혼식을 올렸다. 우리 집에서 10분 거리에 사는 동서는 유일한 내 편이었고 버팀목이 되어주었다.

80년대에는 안양시, 평촌 넓은 땅이 모두 논밭이었다. 봄이면 처마 끝에 제비가 날아와 새끼 치고, 전깃줄에 다닥다닥 줄지어 앉아 놀았다. 그 넓은 논밭은 제비들의 풍부한 먹이의 서식지가 되어주었다. 논밭이 끝없이 수평선을 이루던 곳이, 하루아침에 신도시가 들어서고 지금은 무성한 아파트 숲이 되었다.

그곳에 우리 논이 있었다. 모내기 철이면 동서와 나는 안양7동에서부터 평촌에 있는 논까지 점심을 실어 날랐다. 점심과 새참을 손수레에 싣고 골목을 돌아 수원과 서울을 잇는 산업도로를 건너, 울퉁불퉁한 농로까지 종종걸음쳤다. 점심을 나르고 새참까지 나르고 돌아오면 해는 서쪽으로 기울었다.

그때도 동서는 그 어려운 일을 척척 해냈다. 언제나 동서가 앞에서 손수레를 끌고 나는 뒤에서 비척거리며 겨우

밀었다. 일꾼들이 먹을 많은 양의 밥과 반찬도 거뜬히 해내는 동서가 얼마나 든든하고 의지가 되었는지 모른다.

동서는 어려운 시댁 식구 속에 사는 나를 간간이 불러다 색다른 음식을 해주었다. 새댁인 내가 차마 표현하지 못하는 속내를 대신 들춰 가며 마음을 다독여 주기도 했다. 그날도 불러서 갔더니, 많은 식구 속에서 밥이나 제대로 먹겠냐면서 잡채를 한 양푼 해서 실컷 먹으라고 내 앞으로 밀어놓았다. 그때 먹은 잡채는 오랜 세월 동서와의 정을 이어주는 동아줄이 되었다.

대식구에 말단 공무원 월급으로는 새 옷을 사 입는다는 것은 꿈꿀 수도 없었다. 동서가 하루는 나를 불러서 치마를 맞추어 주었다. 밤색 바탕에 격자 문양이 있는 고급스러운 모직 천이다. 종아리까지 내려오는 얌전한 그 치마는 오랫동안 외출복이 되었다.

동서도 넉넉지 못한 살림을 살고 있었다. 잘 살면서 해준 옷이라면 덜 미안했을 것이다. 살아오면서 그 옷을 볼 때마다 갚지 못한 빚을 지고 사는 것 같아 짐이 되기도 하고 불쑥불쑥 그리움이 되기도 했다. 지금은 유행에 밀려 숨어 있는 그 치마를 가끔 일기장을 들춰보듯 만져 보고 누가 볼세라 장롱 속 깊이 넣어 두었다. 아직도 내 장롱 속에서 추억을 안고 잠들어 있다.

제삿날이나 명절에 큰 시댁, 작은 시댁에 가면 엄청난 일거리가 우리를 기다리고 있다. 수돗가에 쌓여 있는 설거짓거리며 제사 음식은 모두 우리 일이었다. 동서와 나는 며느리라는 이유로 세 집을 오가며 궂은일을 했다. 그때 시어머니들은 우리를 그렇게 실한 일꾼으로 만들었다. 그때마다 동서는 나를 가로막고 나섰다. "형님은 이런 일 하지 마세요. 제가 할게요" 하면서 그 힘든 일을 군소리 없이 해냈다. 나이도 어리면서….

그렇게 내 편이 되어주고 바람막이가 되어주던 동서는 어느 날 시동생과의 불화로 집을 나갔다. 둘 사이의 관계는 오래 공백이 길어졌고, 결국은 두 아이를 남겨 놓고 이혼을 했다. 아이들은 하루아침에 모성이라는 둥지를 잃었고, 나는 유일한 내 편을 잃었다.

어린 조카들을 보면, 자식 두고 떠나간 그녀가 몹시 원망스러웠다. 엄마의 빈자리는 그 누구도 대신해줄 수 없기 때문이다. 하지만 마음 저변에는 여전히 그녀에 대한 그리움이 깊이 뿌리를 내렸다.

희뿌연 미세먼지가 안개처럼 서려 있는 길을 나선다.

긴 여백의 만남이라 알 수 없는 회한이 목울대에 차오른다. 지금은 어떻게 변했을까. 서로가 알아볼 수는 있을까. 무슨 말부터 해야 할까. 찬바람에 떨고 있는 나뭇가지가 봄을 기다리듯, 요 며칠 약속 날짜를 기다리며 사뭇 설레었다. 세월이 그려준 내 얼굴의 주름을 보면 놀라겠지, 긴 공백의 세월을 실감하겠지. 어쩌면 서로가 몰라볼지도 모른다는 생각에 울컥 서럽다.

다행히도 한눈에 알아보았다. 긴 세월의 흔적은 선명해도 다정히 웃어 주던 지난날 모습은 변함없다. 우리의 젊음은 세월 속에 묻혔지만, 남극의 펭귄처럼 서로 기대어 찬바람 이겨내던 애틋함은 어제 일처럼 되살아난다.

이렇게 만날 수 있는 것을, 그 먼 길을 에둘러 돌아왔다. 누가 뭐라고 하든, 동서라는 관계를 떠나서 우리는 충분히 만나도 될 사이다. 하지만 맏며느리로 남아있는 나로선 선뜻 나서서 그녀의 근황을 알아볼 수 없었다.

만나기 전 무엇이라도 정표를 주고 싶어 백화점에 들렀다. 고되고 어려운 시절, 목도리처럼 따뜻하게 나를 감싸 주던 사람이다. 손아래면서도 먼저 시집 왔다는 이유로 형님처럼 궂은일 마다않고 먼저 나서서 바람막이가 되어준 사람이다.

그녀의 목에 따뜻한 목도리라도 둘러서 보내고 싶다. 오늘 단 하루만이라도 따뜻하게 형님 노릇 하고 싶다. 이심전심이었을까. 그녀도 나에게 선물을 내민다. 상자 속에는 목도리가 들어있다. 보기만 해도 따뜻해 보이는 털목도리다.

우린 감싸주고 싶은 마음을 서로에게 목도리로 대신했는지 모른다. 오늘 이후 다시는 못 만날지라도 따뜻한 털목도리가 남은 세월 그녀와의 정을 이어갈 것이다. 장롱 속에 잠들어 있는 유행 지난 치마처럼.

날씨가 풀렸나 싶어 얇은 겉옷을 입고 나갔다. 그녀는 내 어깨를 쓰다듬으며 추운데 왜 이렇게 얇게 입었냐면서, 속에 입었던 조끼를 벗어서 한사코 입혀 준다. 먼 지난날에도 그랬듯이 여전히 나를 보호한다.

우린 오랜 시간 마주 앉아 추억 속에서 헤맸다. 서로의 얼굴에 새겨진 주름발을 헤아리며 먼먼 뒤안길로 뒤돌아가다 어느 길목에서 우린 멈추었다. 그리고 함께 웃고 함께 울었다.

그렇게라도
- 굿을 하던 날

날이 채 밝지 않아 밖은 어슴푸레하다. 대문 밖에는 벌써 승합차가 와서 기다린다. 무속인은 망인이 황해도 연백 사람이라 이북이 가장 잘 보이는 곳으로 가려면 서둘러야 한다고 채근한다.

시부모님이 깰세라 고양이처럼 등 굽히고 삐걱거리는 철 대문 쪽문으로 나왔다. 승합차는 이내 시내를 벗어나 안개 자욱한 임진강 자유로로 내달린다. 차 안은 알 수 없는 피비린내로 가득하다. 나는 숨도 제대로 쉬지 못하고 뒷좌석에 앉아 차가 흔들리는 대로 흔들렸다. 새벽안개에 휩싸인 임진강은 짙푸른 물결을 일렁이며 느리게 따라온다.

안개가 걷히면서 멀리 산봉우리에 붉은 해가 떠오른다. 오는 내내 등 뒤에 무엇인가 웅크리고 있는 것만 같아 등골이 오싹하다. 힐끔 돌아본 짐칸에는 황소만 한 통돼지가 허옇게 맨몸을 드러내고 커다란 함지박에 누워있다. 차창으로 흘러들어오는 붉은 햇살을 받아 더욱 섬뜩하다.

이북 황해도 연백이 고향인 시아버님은 육이오 때, 피난 내려와 처자식과 생이별을 했다. 시조부님은 전쟁이 끝나면 바로 올라오라고 돈 보따리만 싸 들려서 아들 삼 형제를 이남으로 피난시켰다. 전쟁은 끝났지만, 남북이 가로막혀 가족이 있는 곳으로 갈 수 없었다. 38선은 그어지고 가족과 영영 이별이 되고 말았다.

아버님은 가끔 나와 단둘이 있을 때면 이북에서 살던 얘기를 전래동화처럼 들려주셨다. 앞마당에서 뒷짐을 지고 앞을 내다보면 보이는 땅은 모두 아버님 땅이었으며, 말을 타고 다닐 만큼 부를 누리며 살았다고 하셨다. 이북에 있는 아버님 전처는 잘사는 양반집 딸로 인물이 반듯한 사람이었으며, 자태도 고우려니와 음식 솜씨가 좋아 온 동네에 칭찬이 자자했단다. 단오절이면 인물 대회에 뽑혀

상을 받을 정도로 예뻤다고… 이런 얘기 끝에는 주름진 얼굴이 붉게 물들었다.

어쩌면 지금도 살아계실지도 모른다는 내 말에, 월남한 가족을 그냥 두었겠냐며 얼굴에 슬픔이 묻어난다. 전쟁 통에 아버님이 돌아가셨다는 전갈은 받았고, 휴전선이 그어지고 나서는 어머님과 처자식 생사는 알 길이 없다고 말 끝을 흐리셨다. "이북에 계신 큰어머님 생각나시겠네요?" 라는 질문에는 얼굴빛에 세월 저 너머의 애틋한 그리움이 물감 번지듯 묻어났다.

승합차는 덜컹대며 비포장도로로 진입하여 울퉁불퉁한 좁은 길을 한도 끝도 없이 달린다. 숲은 승합차보다도 더 높이 우거져 양옆 차창을 스친다. 아득히 넓은 평지는 끝이 어디고 시작이 어딘지 분별이 되지 않는다. 문득 이대로 납치되어 어느 낯모르는 곳으로 팔려가도 아무도 모를 거라고 생각하니 조바심이 난다.

지금 이 상황을 남편은 모른다. 시부모님만 알고, 조금 더 깊은 사연은 아버님에게만 은근히 일렀을 뿐이다. 이 일에는 이북에 있는 큰어머님과 관련되어 있기 때문이다.

어머님이나 자식으로서는 첫정을 못 잊는 아버님을 위해 굿을 한다는 것에 관해 이해할 수 없기 때문이다.

1983년 이산가족 찾기로 남북이 온통 눈물바다를 이룰 때, 텔레비전 앞에서 떠날 줄 모르고 한없이 눈물을 훔쳐내던 아버님 모습을 곁에서 지켜보았다. 누가 볼세라 몰래 눈물짓던 모습을 보며, 굿이든 제사든 크게 한번 지내드리고 싶었다. 그렇게라도 해야 아버님 한을 조금이나마 풀어드릴 것 같아서였다.

몇 시간을 달려온 승합차는 어느 허름한 집 앞에 멈췄다. 말이 집이지 움막이나 다름없다. 사방이 온통 허허벌판이고, 인가 없는 이곳에 작은 움막 한 채가 우리를 기다린다. 무속인을 따라 들어가니 겉모습과는 다르게 집 안은 넓고 깨끗하다. 그 안에 펼쳐진 광경에 우뚝 망부석이 된다. 크고 작은 떡시루가 어림잡아 열댓 개는 줄지어 있고, 탑처럼 쌓아 올린 과일 가지 수는 웬만한 과일가게보다 더 많다. 양쪽에는 울긋불긋한 깃발이 한 서린 듯 늘어섰고, 전국에서 모였다는 무속인의 수만 해도 열서너 명은 된다. 구부정하게 허리 굽은 무속인에서부터 예쁘장한 젊은 무속인에 이르기까지 나란히 서서 나를 맞는다. 내 나이 서른, 이런 경험은 처음이고, 매 순간이 공포로 다가온다. 질서정연하게 굿판을 벌이는 광경을 보고 있자니 온몸이 그대로 굳어버린다.

이곳에 올 때까지만 하더라도 이렇게 큰 굿판을 벌이리라고는 생각하지 못했다. 북한 황해도 땅을 바라보고 정성껏 제를 올리는 것으로만 여겼다. 내가 주인공이 되어 이 많은 무속인과 함께 굿판 한가운데 설 줄 몰랐다.

어릴 때, 마을에서 굿하는 장면을 보았다.

무속인이 땀을 비 오듯 쏟으며 대나무를 흔들었다. 정신 나간 사람처럼 펄쩍펄쩍 뛰던 모습을 지금도 기억한다. 콘서트 장면 같은 굿판을 벌이고 나면 종이학처럼 작은 종이를 접어 귀신의 혼을 불어넣었다. 거짓말처럼 종이가 팔딱팔딱 뛰었다. 그 종이 혼을 일일이 잡아 병 속에 담아 땅속에 묻으면 굿판은 막을 내렸다.

굿이 끝나면 온 동네에 소문이 우르르 몰려다녔다. 누구를 좋아하다 상사병으로 죽었다는 둥, 조상을 잘못 모셔 병이 들었다는 둥, 산소를 잘못 써서 탈이 났다는 둥… 그렇게 온 동네가 요란하게 굿을 해도 병은 낫지 않고, 없는 살림에 빚만 지는 경우가 허다했다. 그런 것을 고려해서라도 북에서 돌아가신 조부모님과 큰어머님을 위해 꼭 한번은 위령제를 지내드리고 싶었다.

한쪽에서는 무속인이 높이가 1m 되는 각목 위에다 백 근이 넘는 돼지를 걸어 허공에 세우려고 한다. 땀을 뻘뻘 흘리며 애를 써도 자꾸만 쓰러진다. 나는 겁에 질려 마음속으로 관세음보살을 찾았다. 그 순간 기댈 곳은 관세음보살님밖에 없었다. 그때였다. 용을 쓰던 무속인이 나를 획 돌아보며 무서운 눈빛으로 째려본다. "잡생각 말고 돼지를 향해 절만 해!"라고 소리친다. 그 모습은 근엄하면서도 섬뜩했다. 그 자리에 털퍼덕 주저앉을 것만 같았다. 도망치고 싶었다. 하지만 밖을 나선다 해도 어디로 가야 하는지, 지금 내가 어디에 있는지조차도 모른다. 사방은 온통 수풀만 무성하고, 멀리 임진강 너머에 아련히 황해도 땅만이 물거울처럼 희미하게 바라보일 뿐이다.

겁에 질려 무속인이 시키는 대로 아무런 생각 없이 절만 했다. 얼마가 지나자 거짓말처럼 그 육중한 돼지가 가느다란 각목 위에 걸려 세워졌다. 처음 보는 광경에 더욱 무서움에 떨었다. 무속인의 영험한 기에 억눌려 아무 말도 할 수가 없었다.

징과 방울 소리가 요란하게 울리는 가운데 굿판이 시작 되었다. 여러 가지 긴 의식이 끝나자 무속인은 조상들 길 을 갈라야 한다며 나를 잡아끈다. 무속인의 몸을 빌려 먼 저 시조부와 상견례 했다. 그 절차가 죽을 만큼 싫었다. 그 낯섦, 차가움, 귀신을 접해야 한다는 섬뜩함에 몸서리를 쳤다.

시조부의 영혼을 받은 무녀의 눈가에 눈물이 가득 고인 다. 이렇게 원을 풀어줘서 고맙다고 내 손을 잡는다. 그런 행위가 거짓처럼 느껴진다. 내 마음에 감흥이 일지 않는 다. 손을 잡은 무녀의 손길이 얼음보다 더 차다는 느낌만 든다. 땀이 밴 내 손을 놓고 잘 있으라는 인사와 함께 긴 광목천 사이를 대나무로 날렵하게 찢으며 지나간다.

시조부님 혼이 간 다음, 시조모가 무녀의 몸을 빌려 다 시 나에게 말을 걸어온다. 나를 보자마자 시아버지도 함 께 오지 왜 혼자 왔느냐며 통곡한다. 아들을 그리워하는 어머니의 심정을 그대로 쏟아내는 행위에는 나도 모르게 코끝이 시큰거린다. 회심곡 같은 성조를 넣어 한을 풀어

놓는 무녀는 내 온몸을 감싸 안으며 서럽게 운다. 한참을 아들과의 이별에 대한 한을 토하고 나더니 대나무 가지로 긴 광목천을 종이 자르듯 가르며 지나간다. 아버님을 모시고 올 걸 하는 후회가 눈보라처럼 차갑게 스쳐간다.

시조모의 혼이 떠나가자 호리호리한 몸매에 서글서글한 눈매를 한 예쁘장한 무녀가 다가온다. 초록빛 저고리에 다홍치마를 입은 그녀의 모습은 단아했다. 나를 바라보는 무녀의 눈에는 빗물처럼 눈물이 흘러내린다. 금방 돌아오겠다 언약해놓고, 죽었는지 살았는지 한마디 연락도 없이 산 세월이 원통하고 서럽다고 한다. 시아버지와 함께 올 것이지 왜 혼자 왔냐며 눈물짓는다. 무녀의 자태는 아버님이 늘 얘기하시던 그분의 모습과 흡사한 것에 놀랐다. 비록 무녀의 몸을 빌리긴 했지만, 그냥 바라보기에 가슴이 아팠다. 눈물바다 이루던 큰어머니 혼도 광목천을 가르며 그렇게 떠났다. 믿기지 않는 그들의 한 서린 울음이 연극이었다면 격조 높은 예술이고, 사실이라면 무속인의 영험함이 소름 끼치도록 섬뜩했다.

조상들의 혼을 달래는 의식이 끝나자 굿은 막판으로 접어들었다. 무속인이 대나무를 내 손에 쥐여주며 신 받으라고 한다. 이미 석고상이 된 나는 대나무를 있는 힘껏 움켜 잡고 마음속으로 관세음보살만 불렀다. 두 눈을 꼭 감고 두려움에 떠는 내게 무속인이 몇 번 더 신이 오르길 시도 했지만, 내 손에 든 대나무는 흔들리지 않았다. 무속인은 냉정하게 내 손에 든 대나무를 낚아채 가더니 한순간에 대나무를 흔들며 펄쩍펄쩍 뛰기 시작한다. 발이 땅에 닿지 않는 듯 허공을 오르내린다.

해는 어느새 서쪽 산등성이를 향하고 있다. 굿판은 서서히 막을 내렸다. 내내 긴장했던 마음을 쓸어내리며 맏며느리의 도리를 했다고 자위했다. 그렇게라도 하지 않으면 오랫동안 아버님에게 빚으로 남을 것만 같았다. 최첨단 기술이 하늘을 치솟는 문명 속에서, 전설 속에서나 있을 법한 일을 나는 해냈다. 모든 것이 거짓이라 할지라도 할 도리는 다했다.

어둑해서 돌아오니 아버님이 애써 반긴다.

제물로 썼던 음식을 내려놓으며, 그동안의 과정을 전했다. 멍하니 돌아앉은 아버님의 눈가에 깊게 진 주름을 타고 물기가 흘러내린다. 삭정이처럼 굳어진 손으로 닦아도 닦아도 젖어난다. 어머님도 북에 잠드신 시부모님에 대한 위령제를 지내드린 것에 대해 고마워하신다. 어머님께는 큰어머님에 관한 이야기는 덮었다.

아버님은 당신의 한을 풀어주어 고맙다고, 이제는 죽어도 여한이 없다고 하신다. 어머님이 자리를 비운 틈을 타, 그분이 나를 부여잡고 아버님에 대한 그리움을 구구절절이 토해내던 말을 토시 하나 빼지 않고 전했다. 그 간절하고도 안타까운 마음을 그렇게라도 만나게 해드리고 싶었다.

그 일이 있고 난 뒤, 매년 9월 2일 북의 큰어머니 제사를 지냈다. 그것은 아버님의 눈물을 보았기 때문이다. 첫 제사를 지내던 날, 좋아하시던 아버님의 모습을 지금도 잊지 못한다.

아무리 첫정이 애틋해도 현실을 부정할 수는 없다. 자식들과 자신의 소생을 낳아준 아내에게 미안해서인지, 몇 해가 지나자 아버님이 나에게 일렀다.

"이제는 해마다 제사 지내지 말고, 나 죽거든 내 옆에다 밥 한 그릇 더 놓아다오."

그렇게 몇 해를 제사 모시고 더 이상 모시지 않는다.

전쟁이 만들어낸 아픔이다.

어찌 이런 슬픔이 우리 아버님만의 일이겠는가. 전국을 울음바다로 만들던 '이산가족 찾기'의 통곡 소리가 지금도 들리는 듯하다. 그토록 그리움과 애절함을 안고 평생 살아오셨던 아버님은 이제 이 세상 분이 아니다.

아버님 유언대로 지금은 아버님 기일과 차례상에 메 한 그릇 더 올린다.

반지

"산옥 씨에게 주고 싶은 것이 있는데 좋아할라나 몰라."

생일이 지나고 벚꽃이 흐드러지게 피던 사월 어느 날, 윤 선생님이 돌돌 말은 하얀 면손수건을 내 손에 쥐어주신다.

윤 선생님은 수필 반에서 만난 지 오래된 대선배님이다. 같은 닭띠에 24년 차이 나는 띠동갑이다. 공교롭게도 생일도 같은 달, 같은 날이라 서로 생일을 챙겨주는 특별한 인연이다.

"이건 내가 오십 대에 끼던 반지와 귀고린데 하도 오래돼서 까맣게 되었어. 나는 이제 나이가 들어 못하겠어."

며느님이나 따님에게 드리지 왜 나에게 주느냐는 말에, 내가 딸 같아서라고 하신다. 생일도 같은 날이라 더 챙겨주고 싶다며 집에 가서 풀어보라고 하신다. 선물도 감사하지만 '딸 같아서'라는 말이 더 가슴에 와닿는다.

집에 돌아와 손수건을 풀어보니 반지와 귀고리가 그 안에 있다. 분홍빛에 검은 줄무늬가 가로질러 있는 장미석 반지와 산호 귀고리는 윤 선생님의 젊은 시절을 반영하듯 얌전하게 누워있다.

장미석을 받쳐주는 백금은 까맣게 변했고, 장미석을 에워싼 큐빅도 수은등처럼 뿌옇게 빛을 잃었다. 오랜 세월 잠들어 있던 흔적이 고스란히 묻어난다. 선생님의 오십 대를 유감없이 빛내주던 반지는 그렇게 수줍은 모습으로 내게 왔다.

친정엄마가 돌아가시고 은쌍가락지를 물려받았다. 엄마가 막내딸에게 주는 마지막 선물이다. 언니들이 막냇동생에게 양보한 선물이기도 하다.

매듭이 굵은 엄마 손가락에 끼던 반지는 내 다섯 손가락 어디에도 맞지 않았다. 찌그러지고 흠이 생겨 아주 볼

품이 없지만, 그 어떤 것과도 바꿀 수 없는 소중한 유산이다. 경대 서랍에 넣어두고, 가끔 꺼내어 손가락에 끼어보곤 한다. 내 손가락 매듭이 엄마 손가락만큼 굵어지기를 기다리면서….

어느 날 헐렁한 반지를 끼고 딸아이에게 손을 내밀었다. 외할머니가 끼던 것인데 너무 커서 낄 수가 없다고 했다. 나보다 손가락이 굵은 딸애가 반지를 끼어보더니 딱 맞는다고 저에게 달라고 한다. 외할머니 유품이니만큼 부적처럼 오래도록 잘 간직하겠다고 한다. 그렇게 해서 그 반지는 딸에게로 갔다.

가난하게 살았던 엄마는 평생 무소유를 실천했다. 그 무엇에도 집착하지도 원하지도 않았다. 아홉 살에 민며느리로 시집와서 아버지와 함께 산 세월 68년은 온전한 무소유 삶이었다. 가난이 만들어 준 가벼움이다.

엄마가 돌아가시고 나에게 전해진 것은, 장롱 깊숙이 간직했던 빛바랜 졸업장과 일기장이 전부였다. 결혼할 때 두고 온 일기장을 한 권도 버리지 않고 엄마가 간직하셨다.

일기장 속에는 가난한 삶의 애환이 고스란히 정지되었다. 꿈은 자꾸만 현실과 멀어지는 안타까움과 상급학교에 진학할 수 없는 불확실한 미래에 한 줄기 빛이 되어준 첫사랑 이야기로 가득했다.

내 이십 대를 반영하는 7권이나 되는 일기장을 가지고 온 날, 밤새워 읽으며 평생 울어야 할 눈물을 다 흘렸다. 내 나이 서른 즈음에 그 일기장은 그렇게 엄마와 함께 먼 길 보냈다.

자식들에게 이렇다 하게 물려줄 것 없던 엄마의 '무소유'는, 30여 년이 지난 지금에도 우리 오 남매 우애를 돈독하게 한다.

얼마 후, 윤 선생님은 보석함을 통째 가지고 오셨다. 반지와 함께 주려던 것인데 어디에 두었는지 찾지를 못했다며 건네주신다. 빛바랜 작은 나무보석함 속에는 선생님의 젊은 시절을 아름답게 빛내주던 장신구가 가득 들어있다. 지금은 빛을 잃었지만 윤 선생님의 오십 대를 유감없이 돋보이게 한 고귀한 선물이다.

까맣게 된 세월의 얼룩을 지우기 위해 금은방에 가서 손을 보았다. 침묵의 더께를 벗어버린 반지와 목걸이는 새것처럼 윤이 난다. 깊은 잠에서 깨어난 장신구들이 생기가 돈다. 지나온 세월을 되돌려 놓는다. 선생님의 장신구는 그렇게 내게로 와서 나의 중년을 빛내준다.

선물을 받은 후, 반지를 늘 끼고 다닌다. 귀고리도 이것 저것 바꿔 달며 멋을 낸다. 누군가가 예쁘다고 하면 신이 나서 자랑을 한다. '엄마 같은' 윤 선생님이 주신 선물이라고….

친정엄마 유품처럼 아주 오래도록 소중하게 간직할 것이다.

물봉숭아

나뭇잎은 어느새 윤기를 잃어가고 있다. 푸르고 젊던 빛이 잠 설친 여인네 모습만 같다. 젊음을 보낸다는 것이 어디 쉬운 일인가.

청계 공원묘지 초입에 들어서니 청보랏빛 물봉숭아가 한창 흐드러졌다. 청정지역이 아니면 서식하지 않는 지조 높은 꽃이다. 예전에는 안양천에도 지천으로 피었을 꽃이 공해와 귀화식물 등쌀에 떠밀리듯 이곳까지 올라온 가녀리고 청아한 꽃이다. 계곡을 따라 무리지어 핀 그들과 손잡고 가파른 산길을 오르니 한결 수월하다.

청계공원묘지를 오르내린 지 어느새 십수 년이 지났다.

'십 년이면 강산도 변한다'는 말을 증언이라도 하듯, 청계 공원묘지에 이제는 매장을 할 수 없다는 것이 현실화되었다. 아버님 돌아가실 때만 해도 상여를 메고 이 높은 산을 올랐다. 화장하면 자식으로서 불효로 여기던 것이, 이제는 화장하지 않으면 이곳에 묻힐 수 없다는 변화에 놀랍다.

오래전 우리 내외는 죽으면 화장할 것이라고 기관에 서약서를 쓴 적이 있다. 그렇게 선뜻 서약하기가 쉽지 않은 시절이었기에 우리에겐 대단한 결심이었다. 그러던 것이 요즘은 누구나 화장을 하는 것이 당연한 일이 되었고, 화장해야만 공원묘지에 안치될 수 있다. 그것마저도 자리가 부족해 머지않아 더는 이곳에 묻힐 수 없게 된다는 현실이 더 마음 쓸쓸하게 한다.

나 죽으면 꽃상여에다 옥관에 고이 묻어주겠다던 남편의 약속도 의미가 없게 되었다. 내 땅이 있어 굳이 매장해야 한다면 못할 것도 없겠지만, 나는 애당초 화장을 선호했다. 봉안묘도 원하지 않는다. 한 줌의 재가 되어 흙으로 돌아가는 것이 내 뜻이다. 죽어서도 어느 한 곳에 갇힌다는 것은 너무 가혹한 일이다.

나는 자유를 짝사랑하며 살아왔다. 그러나 내 애틋한 짝사랑에도 자유는 눈길을 주지 않는다. 남들은 하기 쉬운 말로 할 짓 다 하며 산다고 하겠지만, 시집온 이래로 줄곧 시부모 모시며 맏며느리로 사는 동안, 자유는 나와 거리 두기에 충실했다.

세상 사람 중에 온전한 자유를 누리고 사는 사람 몇이나 되겠냐만은, 나는 죽어서라도 자유의 사랑 받고 싶다. 온전한 자유는 매력이 없다. 구속 속에서 그리워하는 자유야말로 얼마나 근사하고 멋진 기다림인가. 다만, 그저 자연으로 스며들고 싶을 뿐이다.

십 년 뒤에는 세인들의 고정관념이 어떻게 변해있을까. 시대의 흐름에 따라 우리는 쉼 없이 변해가고 있다. 오늘날 불효라고 손가락질당하던 사사로운 일들이 십 년 뒤엔 너무도 당연한 일이 되어있지 말라는 법은 없다. 매장에서 봉안묘로 바뀐 것처럼.

아버님 산소에 당도하니 바로 옆 묘지는 벌써 벌초가 끝나가고 있다. 고맙게도 아버님 봉분 옆 바닥까지 말끔히 잔디를 깎아놓았다. 해마다 우리보다 먼저 와서 그렇게 벌초를 해주는 바람에 우리의 일손을 덜었다. 올해도 우리가 한발 늦었다. 오른쪽 묘지 후손들도 이미 다녀갔고, 그들 역시 아버님 봉분 옆까지 말끔히 벌초를 해주었다. 덕분에 우리는 일찍 성묘를 마쳤다.

잿빛 하늘이 성큼 내려와 앉는다.

태풍 '산바'가 제주도를 지나 올라오는 중이다. 태풍 전야라는 말이 실감 날 만큼, 공원묘지는 섬뜩하도록 고요하다. 금방이라도 장대비가 내릴 것 같이 바람 한 점 없다. 고요 뒤에 휘몰아칠 자연의 흐름을 누가 가늠이나 할 것인가. 십 년 뒤에 변해있을 또 다른 일들에 대해 지금은 그저 침묵하는 것처럼.

손톱에다 꽃물들이지 못하는 대신, 가슴에 꽃물 들이는 청보랏빛 물봉숭아, 청정지역을 향해 말없이 물러서는 겸손한 꽃, 잘한 것은 땅속에 묻히고, 못한 것만 탑처럼 솟아 있는 맏며느리의 삶을 닮은 가녀린 꽃.

내년에는 서둘러 벌초를 하러 와야겠다. 양옆 묘지의 후손들이 베풀어준 고마움을 몸소 실천해야 할 것 같다.

꽃 한 송이라도….

완불

저녁 준비를 하고 있는데,

내 아이가 와서 내게 뭐라고 쓴 종이 한 조각을 주었다.

손을 앞치마에 닦고 그 종이를 받아 읽었다.

거기엔 이렇게 쓰여 있었다.

잔디 깎은 대가로, $ 5

이번 주 내 침대 정리, $ 1

가게 심부름, 50센트

엄마가 가게 간 동안 동생 돌봐 준 값, 25센트

쓰레기 버린 일, $ 1

좋은 성적표 받아온 값, $ 5

마당 쓴 값, $ 2

총 청구액, $ 14.75

잔뜩 기대를 하고 있는 아이를 보면서

내 마음에는 만 가지 생각이 스쳐 지나갔다.

그래서 난, 그 종이 뒷면에다 펜을 들어 쓰기를,

9달 동안 내 뱃속에서 너를 키운 값

무료!

아플 때마다 잠 못 자고, 너를 위해 기도해주고 간호해

준 값

무료!

수년간 너를 위해 시간 투자하고,

너를 위해 눈물 흘렸던 일들,

무료!

모두 다 더하면 …

네게 준 내 사랑은 거저구나.

네 걱정으로 가득한 나날들,

네 장래를 위한 염려들,
무료!
충고와 가르쳐준 지식들 네 학교 교육비,
무료!
장난감, 음식, 옷
네 콧물 닦아준 일…
무료란다. 내 아들아.
다 더하면 나의 모든 사랑의 값은 무료란다.

아이가 다 읽더니,
아이의 커다란 눈에 눈물을 글썽이고 있었다.
그리고 나를 올려다보며 말하기를
"엄마, 정말 사랑해요"라고 했다.
그리고 펜을 들더니
아주 크게 이렇게 썼다.

'완불.'

이 글은 만인의 심금을 울리는 감동적인 노래 가사다.
나는 이 글을 읽고 내내 가슴이 저렸다.

어머님이 중풍으로 쓰러지자, 시누이가 와서 그 모든 원인과 책임은 우리에게 있다고 매몰차게 몰아붙였다. 그때 그 말이 서운해서 얼마나 울었는지 모른다. 자다가도 일어나 울고, 길을 가다가도 울고…. 그 후, 본의 아니게 어머님과 거리가 자꾸만 멀어졌다. 거리가 멀어진다는 것은 어떠한 경우든 아름다울 수 없다. 시누이가 그러기 전에는 어머님과 남다르게 의좋게 살았다. 누가 뭐래도 어머님을 향한 내 마음은 진심이었으니까.

30여 년 함께해온 세월 절반은 어머님 병시중으로 보냈다 해도 과언이 아니다. 그런 연유로 우리 집안은 늘 추운 겨울이었다. 어머님의 앓는 소리는 일 년 삼백육십오 일 지속하였고, 우리 가족에겐 의학도 해결하지 못하는 그 소리로 인해 혹독한 추위를 겪어야 했다.

올해도 밖에는 온통 봄꽃으로 가득하다. 봄이 왔다고 매스컴마다 화려한 유혹을 하지만, 우리 가족 가슴에는 봄이 돌아오지 않는다. 날마다 눈만 마주치면 아프다고 호소하는 어머님은 그렇게 우리의 봄을 동결시켰다.

오랜 세월 동고동락해오던 시어머님을 결국 노인전문병

원에 모셨다. 십 년 전, 중풍으로 쓰러져 고생하시다가, 다행히도 건강을 되찾긴 하였으나 그 지병으로 인해 고혈압, 고지혈증, 동맥경화증, 혈관성치매, 관절염으로 오랫동안 온전한 생활하기가 어려웠다. 가벼운 감기에도 어머님은 온 집안 식구들을 보리밭에 바람일 듯 흔들었으며, 작은 아픔에도 참을성이 없으셨다.

탈무드에 보면 '그 사람 입장에 서기 전에는 절대로 그 사람을 욕하거나 책망하지 말라'는 대목이 있다. 겪어보지 않으면 누구나 그 처지를 이해하지 못하기 때문이다. 어쩔 수 없이 어머님을 노인전문병원으로 모셨다. 한두 달이라도 병원에서 치료받기 위해 내린 결론이다. 그러나 남편 형제들은 고려장에 모셨다고 얼마나 쓰린 상처를 주었는지 지금도 내 가슴에는 새살이 돋지 않는다. 그 많은 세월 어느 자식 하나 병시중 들지도 않았으면서, 그 시달림, 그 고통 겪어보지도 않았으면서 하루아침에 우리를 천하에 둘도 없는 불효자로 만들었다.

4개월 만에 다시 집으로 돌아온 어머님은 여전히 그 지병으로 힘들게 했다. 날마다 병원을 가야 했고, 앓는 소리는 온 집안을 흔들었다. 아무리 열심히 치료해도 나날이

심해져만 갔다. 요강에다 볼일을 보던 것이 결국에는 하루에도 몇 번씩 치러야 하는 그것을 내 손으로 받아내야만 했다. 누워서 드셔야 하고 잠시도 틈을 주지 않고 불러대는 시중을 들어야 했다. 밤잠을 설치며 귀를 기울여야했고, 온 집안에는 구린내로 가득했다. 그래도 참을 수 있다. 얼마든지 기꺼운 마음으로 봉양할 수 있다. 예전에 아버님도 그렇게 병시중 들었는데 어머님이라고 못할 것 없다. 그러나 밤낮없이 아이구머니나를 불러대는 앓는 소리는 우리 가족 모두의 웃음을 앗아갔다.

나는 어머님이 힘들게 할 때마다 우리를 원망하던 그들이 떠올라 어머님의 간호가 더 힘이 들었다. 내가 받은 아픔은 아직도 진행 중이다. 그 상처가 도질 때마다 내가 어머님을 위해 한 모든 것이 계산되었다. 참사랑의 값은 그냥 주는 것이라는 것을 진리로 알고 봉양해 왔던 나의 힘겨움을 어루만져 주지는 못할망정 어마어마한 계산서를제공하게 했다.

삼십 년 넘도록 삼시 세끼 밥상 차려 올리며 마음졸인 것 유료! 매 순간 더운물 데워 올린 것 유료! 하루 세 번 한약 달여서 시간 맞춰 짜 댄 것 유료! 사흘이 멀다고 병원 모시고 다닌 것 유료! 맹장, 중풍, 탈장수술, 장출혈, 허리 부러져, 걸핏하면 넘어져 골절로 입원… 밤낮없이 애간장 태우며 병간호한 것 유료! 아플 때마다 조석으로 대소변 본 요강 부시고, 기저귀 갈아드린 것 유료! 틀니 닦아드리고, 많은 세월 목욕시켜드린 것 유료! 내 시간 뺏기며 말벗해드린 것 유료! 34년 동안 무휴, 내가 누려야 할 자유 구속한 것 유료! 날마다 아프다고 힘들게 하고, 내 가슴에 끊임없이 상처 준 것 유료! 어머님에게 드린 내 사랑 모두…'유료!'

돈보다도 더 소중한 것은 사랑이고 배려다. 남과 남이 만나 가족이 되면, 무한한 노력과 도리와 격을 갖추어야 오래도록 아름다운 관계가 유지된다. 내 부모 모셔줘서 고맙다, 미안하다는 말은 못 할지라도, 조금이라도 내 입장에 서서 이해해주었다면 이렇게 억울하지는 않았을 것이라고, 날마다 세포를 곤두세우며 계산을 했다.

남편과 시동생이 어머님을 노인병원으로 모셔간 후, 며칠이 지나도 병원엘 가지 않았다. 며느리는 어쩔 수 없는 타인이라는 것을 뼈저리도록 느끼게 한 시누이의 말이 떠올랐기 때문이다. 며칠이 지난 후에 어머님 병실에 갔다.

수척해진 어머님이 초점 없는 눈으로 나를 보시며 손을 잡는다. 어머님을 바라보니 측은지심이 가슴 저변에서 분수처럼 밀고 올라온다.

"어머니, 제가 누군지 알아보시겠어요?"

"내 며느리를 내가 못 알아볼까 봐 그러냐?"

몇 번이고 끊겼다 이어지는 목소리에 귀를 기울였다. 실타래처럼 주름진 얼굴에 물결을 이룬다. 나를 향해 초점 없는 눈동자에 물기가 젖어난다. 그 모습에서 잃었던 정이 되살아난다. 다시는 어머님으로 인해 눈물 같은 건 흘리지 않을 줄 알았다. 그러나 복받쳐 오르는 눈물을 억제할 수가 없다.

간병인이 하는 말이, 집에 가서 점심 먹는다고 끼니도 걸렀다고 한다. 누워 움직이지도 못하면서 집에 간다고 몸부림을 치셨단다. 큰아들, 큰며느리가 데리러 올 것이라고, 집에 가겠다고 한 것은 그래도 며느리가 하는 수발이 좋았다는 뜻으로 받아들이고 싶다. 정작 자식은 못 알아보면서도 '내 며느리를 못 알아보면 누가 알아보냐'는 말이 가슴에 걸려 내려가지 않는다. 비로소 내 마음에 꽃비가 내린다. 가슴 속에 천 줄 만 줄 구겨진 주름살이 다리미로 다린 듯 쫙 퍼지는 느낌이다. 나는 나에게 말을 걸었다.

"이제 네 마음속에 있는 덫을 거두지 않겠니?"라고.

돌아오는 길에 모든 것을 내려놓았다.

바람이 그물에 걸리지 않듯, 내 마음에 거리낌이 없으면 무엇이 노여울까. 제자리를 찾기 위해선 끊임없이 흔들려야 하는 나침반처럼, 이제는 제자리로 돌아가 나를 힘들게 했던 그 모든 것들을 내려놓을 차례다. 자신을 낳아준 엄마에게 소홀할까 봐 올케 마음에 서슴없이 상처 준 그 용감성에도 이제는 관대해져야 할 나이다. 내 딸이 나를 끔찍이 사랑하듯이, 그렇게라도 하지 않으면 엄마에게 미안하니까. 자식으로서 누군가에게 원망이라도 해야 덜 속상할 테니까 한 행동일 거라고 믿고 싶다. 세상에 딸들 마음은 다 같은 것이라고 이해하고 싶다. 예전에 그랬듯이 언제나 정겨운 형수, 올케로 남고 싶을 뿐이다.

난 마음속으로 외쳤다. 어머님과의 모든 계산은

'완불!'이라고.

어머님의 유산遺産

　나른한 오후 무심코 유튜브를 뒤적이다 샤머니즘 프로에 귀 기울인다. 집안이 잘되고 재물 복이 들어오게 하는 물건이 있다는 말에 토끼처럼 귀를 세운다. 불구경과 싸움 구경은 숨어서도 본다는데, 집안이 잘되게 하는 물건이 있다고 하니 마음이 안 갈 리 없다.

　절구와 맷돌을 집안에 두면 재물 운이 좋다고 한다. 그것도 운수대통할 만큼 집안을 든든하게 지켜주는 힘이 있다는 말에 속으로 쾌재를 불렀다. 우리 난간에는 어머님이 물려주신 오래된 맷돌과 절구, 다듬잇돌이 있는 까닭이다.

　그것들이 숱한 세월 우리와 함께 있다고 해서 우리 집이 부자인가? 그 말이 맞는다면 지금 우리 집은 엄청나게 부자가 되어있어야 맞다. 하지만 그 말이 맞지 않더라도 왠지 기분이 좋아진다. 그 말을 믿고 싶어진다.

어머님 삼우제를 모시고 나서, 남편 형제들에게 어머님 방에 들어가서 유품 정리를 하라고 했다. 시누이, 시동생, 동서까지 방안으로 들여보내고, 무엇이든 갖고 싶은 것이 있으면 다 가지고 가라 했다. 가난하게 살아오신 어머님이 이렇다 하게 남겨 놓을 만한 유품이 어디 있겠냐만, 딸이든 아들이든 애착이 가는 물건이 왜 없을까 싶어 그리했다.

말은 그렇게 했지만, 어머님이 끼시던 금반지 하나쯤은 나에게 전해지기를 내심 바랐다. 그것은 어렵게 살면서 부업하여 첫 번째 받은 보수로 어머님께 금반지를 해드린 까닭이다.

처음 시집오니 어머님 친구분들은 목걸이와 반지를 자랑처럼 하고 다녔다. 마치 자식 잘 두어 받은 표창과도 같았다. 누런 금반지와 목걸이가 그들의 손가락과 목에서 뽐내듯 번쩍일 때마다 어머님 손과 목에 눈이 가곤 했다. 그때 어머님 모습은 가을꽃 다 져버린 황량한 겨울 들판이었다. 육 남매 키우느라 가난과 씨름한 흔적이 목과 손가락에 주름만 도드라져 늘 마음에 걸렸다. 그 모습을 볼 때마다 맏며느리라는 의무감으로 마음이 무거웠다.

무엇이라도 해서 어머님께 반지를 해드리고 싶었다.

외벌이 남편 월급으로는 많은 식구 생활비로도 빠듯했다. 마침 이웃에 재봉틀로 한복에다 수놓는 일이 있었다. 수를 배워야겠다는 결정을 하기까지 많은 생각을 했다. 아홉 식구 치다꺼리와 삼시 세끼 밥상 차리는 일만도 버거운 하루였다. 돌아서면 연신 부딪치는 물결처럼, 집안일은 한도 끝도 없이 밀려와 여백의 시간을 허락하지 않았다. 그래도 배워야 한다는 결정을 내리자 24시간이라는 하루 외에도 여벌의 시간이 짬짬이 주어졌다. 덜 자고 더 부지런히 움직인 자투리 시간이다.

기술이라는 것이 하루아침에 되는 것이 아니다. 수많은 날을 재봉틀과 싸워야 했다. 머리와 손이 따로 놀고, 발과 손이 기를 쓰며 서로 밀어내는 다툼 속에 기술을 익혔다.

꽃 한 송이 수놓으려면 온몸의 기가 그곳으로 다 쏟아져야 하는 민감한 작업이다. 손끝에 바늘이 박히고, 목덜미에 쥐가 나고 어깨에 근육통이 생기는 것은 예사였다. 가난은 그렇게 나를 수놓는 기술자로 만들었다.

제대로 수를 놓기 시작하자 어린이 한복에다 수놓는 부업을 시작했다. 수를 하나라도 더 놓으려고 날마다 재봉틀과 백미터 달리기를 했다. 그때 나에게는 하루가 25시가 되고, 한 달이 32일이 되고, 일 년이 13월이 되었다. 부지런함이 만들어낸 그 자투리 시간은 돈이 되었다.

처음으로 보수를 받던 날 제일 먼저 금은방으로 갔다. 드디어 어머님께 금가락지를 해드렸다. 어렵게 생활하던 내게는 그 반지 값이 엄청나게 컸지만, 어머님 손가락에서 반짝이는 반지를 볼 때마다 산보다 더 큰 일을 해낸 것 같았다.

반지 해드린 거로 내 마음이 편하지 않았다. 어머님 허전한 목이 내내 마음에 걸렸다. 궁여지책으로 아이들 백일, 돌 반지를 모아서 어머님 목에 금목걸이를 걸어드렸다. 그 이후에도 이름 있는 날마다 나와 시누이, 동서로 인해 어머님의 장신구는 늘어갔다.

먼 훗날 닳아서 우그러지고 빛바랜 반지를 어머님으로부터 물려받는다면, 그 어떤 값진 보석보다도 소중할 것 같다는 생각을 했다. 그것은 가난과 함께 걸어온 어머님과 나만의 애환이 담긴 반지이기에 처음 해드린 그 반지만큼은 나에게 돌아오기를 기대했다. 그러나 끝내 그 반지는 돌아오지 않았다.

방 정리를 다 하고 나온 시누이에게 말했다. 나는 어머님이 소중한 걸 물려주셨으니 그것에는 관심 두지 말라고 했다. 난간에 있는 절구와 맷돌, 다듬잇돌은 어머님이 물려주신 유일한 정표니까 내가 갖는다고 했다. 그렇게 절구와 맷돌, 다듬잇돌은 내 것이 되었다.

지난날 어머님과 다듬잇돌에 마주 앉아 이불 홑청 두드리고, 서로 힘껏 잡아당기며 힘겨루기하던 일이 저만큼 서성인다. 메주 쑤어 허리가 아프도록 절구통에 찧어 매달던 일, 많은 양의 콩을 맷돌에 갈아 콩비지 해 먹던 일…. 그때는 뼈저리게 싫었던 일들이 지금은 한숨처럼 서럽게 그리워진다.

숱한 매질을 당하면서도 견고하게 제 몸 지켜온 걸 고운 다듬잇돌, 인정사정없이 내려치는 공이의 가속도를 묵묵히 견뎌낸 절구통, 어처구니가 부서지도록 맴돌고 맴돌아 틀니 뺀 잇몸처럼 마모가 되어버린 맷돌. 이제는 소용이 다 해 제 할 일이 없어진 그것들은 난간 한구석에서 고요히 망부석이 되었다. 어머님과 나만이 공유했던 한 시절을 간직한 채, 서사처럼 나와 함께 늙어간다. 나에겐 그 어떤 금은보화보다도 더 소중한 유산이다.

무속인의 말을 꼭 믿어서가 아니더라도 그것들이 우리 집을 오래도록 지켜주었고, 앞으로도 지켜줄 것만 같다. 그동안 무심했던 절구와 맷돌을 빛이 나도록 닦는다. 없어진 어처구니도 새로 하고, 절굿공이도 예쁘게 다듬어야 할 것 같다.

어머님이 어느 날 홀연히 들르시면 흐뭇해 하시도록.

옥잠화

늦은 시간에 전화벨이 울린다.

백운호수 근처에 자리 잡은 류시원농원 김 선생님이다. 옥잠화가 밤기운을 받아 함빡 피었다고 함께 보자는 전갈이다. 옥잠화는 늦은 오후부터 꽃이 피기 시작해서 밤에 빛을 발하는 꽃이라고, 지금 막 잠에서 깨어난 듯 아름다우니 한번 와서 감상하면 어떠냐고 하신다. 반가움에 내 마음은 벌써 류시원을 향해 내달리지만, 마음이 천근이라 얼른 일어날 수가 없다.

어머님 돌아가시면 무거운 짐 벗어버린 듯 마음이 가벼워질 줄 알았다. 눈물 같은 건 아예 흘리지도 않을 줄 알

앉다. 그러나 34년 부대끼며 산 세월은 이별의 시간도 그만큼 필요한가 보다. 몸은 천근만근 늘어지고, 모든 것이 허무해 하루하루가 그저 시들해진다. 살아오면서 어머님과 함께했던 좋은 기억들은 온데간데없어지고, 그저 못해드린 기억만 남아 이 가을을 슬프게 한다.

어느새 풀벌레 소리 요란하다. 가을은 성큼 내 가슴에 들어와 앉았는데, 긴 세월 함께 보낸 어머님의 빈자리가 서럽다. 하고 많은 기억 중에 어머님과 마주 앉아 손톱에 꽃물들이던 어느 여름날이 왜 이렇게 생생한지, 한꺼번에 울어대는 풀벌레 소리가 오늘따라 장송곡처럼 처량하기만 하다. 남들은 시어머니 돌아가셔서 시원섭섭하겠다며 위로를 하지만, 나는 왜 그 말이 가슴에 걸려 내려가지 않는지 모르겠다. 스물넷에 시집와서 좋은 일, 궂은일 어머님과 함께 겪었다. 한솥밥 먹으며 얼굴에 주름이 지고, 머리가 하얗게 세도록 부대끼며 산 세월이 어찌 시원섭섭이란 언어로 대신할 수 있을까.

어쩌면 어머님은 옥잠화를 닮았는지도 모른다.

몹시 가난했던 시대에 사신 분이다. 아이를 낳고 제대로 먹지를 못해서 노랑병에 걸렸다는 서러움을 옛날이야기처럼 들려주시던 분이다. 어머님이야말로 여자로서 한 번도 제대로 피어보지 못한 꽃이다. 육 남매의 어머니로, 한 남자의 아내로 한세상 가족을 위해 헌신한 꽃, 오랜 지병으로 남들은 꽃놀이 갈 계절에 집에서 아프다는 노래만 불러야 했다. 남들은 봉사다, 취미생활이다, 여행이다 동분서주할 때, 어머님은 집이라는 둥지를 벗어나지 못하고, 오직 집 나간 식구들 돌아오기만 학수고대하며 사셨다.

어머님도 어느 한순간만이라도 빛을 발할 수 있는 꽃이 되고 싶었을 것이다. 밤빛에 드리워진 옥잠화처럼, 누가 알아주든 안 알아주든 한 번쯤 화려하게 피어보고 싶은 욕망에 밤잠 설치던 날이 왜 없었겠는가. 가없이 불쌍한 분이다.

옥잠화를 생각하며 잠이 들었다.

김 선생님의 귀한 청을 뿌리치고 천 길 낭떠러지로 굴러떨어지며 내내 선생님께 죄송했다. 지금 내게 누군가가 손 잡아주지 않으면 영영 그 속에서 헤어나지 못할 것만 같다. 이것은 어머님에 대한 애틋한 그리움이 아니다. 뼈저린 이별의 서러움도 아니다. 긴 세월 함께 했던 끈끈한 관계의 끈이 잘려나간 허무함이다. 책임이라는 도리에 얽매여 마음조이고 긴장했던 마음이 한순간에 무너져 내린 허탈함이다. 하지만 왜 가슴 저 밑바닥이 자꾸만 울컥 뜨거워지는지 모르겠다.

며칠 후, 김 선생님이 메일을 보내오셨다.

옥잠화 곱게 피는 늦은 오후에 와달라는 전갈이다. 힘내라고, 힘내라고 뿌리친 손 다시 잡아주셨다. 올봄에 노 선배님으로 인해 김 선생님과 인연이 닿아 알게 된 류시원은, 백운호수 근처 오백 평 넓은 땅에 벗나무, 매화나무, 목련, 옥잠화, 맥문동, 금잔디… 수목으로 가득한 농원이다. 오늘 그 정원을 다시 걷게 되어 감회가 새롭다.

'봄은 빛으로 오고, 가을은 소리로 온다'고 했던가.

늦은 오후에 류시원 뜰에 들어서니 풀벌레 소리 요란하다. 목련과 함께 온갖 봄꽃이 어우러져 활화산처럼 피어오르던 봄 정원과는 사뭇 다르다. 가을빛에 무겁던 마음이 맑아진다.

넓은 나무 그늘에 수없이 많은 옥잠화가 새하얀 꽃망울을 터트린다. 김 선생님의 땀을 양분 삼아 먹고, 손길이 수없이 오갔을 정성으로 새하얗게 피어난다. 흰색의 경이로

움에 울컥 서러워진다. 이별의 빛깔이 있다면 바로 이런 색일 거라고.

올봄, 벚꽃과 매화꽃이 한창 흐드러질 무렵, 봄비가 토닥이며 내리던 날, 김 선생님의 초대를 받아 간 날이 바로 내 생일이었다. 그날 과한 대접은 아직 여운이 남아있다. 그때는 어머님 병시중 드느라 고생한다며 위로해 주셨는데, 오늘은 어머님과 이별을 다독여주신다.

친정 언니처럼 반겨주시는 김 선생님, 먼 길 달려와 주신 노 선배님과 함께 정원에 앉아 땅거미가 내리도록 옥잠화를 바라본다. 같은 곳을 보면서도 우린 서로 다른 생각에 잠긴다.

김 선생님은 옥잠화를 보면 발레 지젤이 떠오른다고 하신다. 시든 꽃은 늘어지고, 활짝 핀 꽃은 두 팔을 벌리고, 꽃망울은 하늘로 향해 있어 마치 흰옷 입은 발레리나가 너울너울 춤을 추는 것과 흡사하다. 선생님의 상상력에 우린 마주 보며 공감한다.

해 떨어지자 왜 나에겐 그 꽃이 하얀 상복 입은 여인네 모습으로 다가오는지 모르겠다. 생전에 못다 한 마음처럼, 고개 숙인 며느리 모습만 같아 서럽다.

혹여 모기에 물릴까 봐 나뭇가지마다 모기향을 걸어주고, 달달한 것 먹으면 기운이 날 거라고 케이크를 준비해주신 김 선생님의 배려에 마음 추스르며 밤이 늦도록 류 시원 뜰에서 옥잠화를 바라본다.

누군가 아파하면 그 아픈 부위보다 마음을 어루만져 줄 때 더 빨리 회복이 되듯이, 시원섭섭하겠다는 위로의 말보다는, 달달한 것 먹으면 기운이 날 거라는 말 한마디가 더 아픔의 치유가 된다.

김 선생님은 단풍들면 다시 오라는 기약을 하신다.

돌아오는 길 내내 옥잠화를 떠올렸다. 지젤의 발레리나 같은 꽃, 흰 상복을 입은 여인네 같은 꽃, 이별 색처럼 하얗게 내려앉은 별빛 같은 꽃, 우리 어머님과도 같은 슬픈 꽃. 옥잠화!

오늘따라

봄.

남편, 아이들 모두 저녁을 먹고 들어온다고 합니다.

창밖에는 까맣게 어둠이 내립니다. 넓은 집안이 온통 적막강산입니다. 식탁에 어머님과 단둘이 마주 앉아 말없이 저녁을 먹습니다. 수저 오르내리는 소리만 달그락거립니다. 무심코 어머님을 건너다봅니다. 오늘따라 참 많이도 늙어 보입니다. 얽히고설킨 그 많은 주름만큼이나 마음고생, 잔고생도 많았을 것입니다. 슬그머니 측은지심이 고개를 치밉니다.

'친구나 가족, 룸메이트와 함께 사는 거, 도 닦는 수행과도 같다'고 합니다. '다른 사람에 맞게 포기하고 절제하고 배려하는 것, 그게 수행이다'라고, 합니다.

함께 살아오면서 내 마음 헤아려주지 않는다고 참 많이도 서운해했습니다. 그것도 다 부질없다는 생각이 듭니다. 조그만 일에도 서운해하고, 당신에게만 잘해달라고 떼쓰고 고집부리는 어머님으로 인해 속상했던 마음도 이 순간만큼은 다 부질없어집니다. 어머님과 마주 앉아 저녁을 먹을 수 있다는 것에 그저 감사할 따름입니다. 나의 수행에 충실해지려고 합니다.

여름.

고부가 서로 옳거니 그르거니 언쟁이 높아집니다.

예전에는 예쁘게도 순종만 해오던 며느리가 이제는 나이 들었다고 꼬박꼬박 말대답합니다. 늙기도 서러운데 자기 말이 옳다고 말대답하는 며느리가 괘씸해서 더 화가 치밉니다. 며느리에게 그냥 져주기에는 아직은 서럽습니다.

어머님 말씀이라면 팥으로 메주를 쑨다고 해도 믿고 따랐는데, 이제는 며느리 말에도 귀 기울여달라고 떼를 씁니다. 금방 말해놓고도 안 했다고 우기는 시어머님의 억지가 야속하기만 합니다. 그 순간만큼은 명 재판관이라도 부르고 싶은 심정입니다.

집안엔 온통 찬 바람이 붑니다.

'우리는 독해서 남에게 상처 주는 것보다는 몰라서 상처 주는 경우가 더 많다'고 합니다. 나이 들수록 져주는 것에 인색해지나 봅니다. 나도 어느새 어머님을 닮아갑니다. 그냥 그러려니 하면 그만인 일로 말대답을 합니다. 아무런 이득도 없는 일을 부득부득하고 있습니다.

횅하니 밖으로 나간 어머님이 한참이 지나도 들어오지 않습니다. 며느리는 어머님의 근황이 궁금합니다. 집안이 썰렁하고 우울해집니다. 기웃기웃 현관을 주시합니다. 보면 부대껴도 안 보면 보고 싶은 것이 삼십 년 함께 살아온 고부 사인가 봅니다.

막상 며느리를 피해 집을 나왔지만 갈 곳은 나무 그늘 평상뿐입니다. 평생 집과 자식밖에 모르고 살았는데 갈 곳이 있겠습니까. 소리를 지르고 나오긴 했지만 며느리 근황이 궁금합니다. 더 오래 머물고 있자니 가시방석입니다. 서둘러 현관을 들어섭니다. 현관문 열리는 방울 소리에 며느리는 반갑습니다.

고부는 눈이 마주치자 씩 웃습니다.

오늘따라 함께 싸울 수 있는 어머님이 계셔서 참 다행입니다.

가을.

가을비가 추적추적 내립니다.

'가을 단풍은 우리에게 나이가 들어도 또 아름다울 수 있다는 것을 가르쳐 준다'고 합니다. 어느새 또 가을입니다. 그 예쁘고 싱그러웠던 시절 다 가고, 퇴색된 이파리에 단풍이 듭니다. 창밖에는 예쁜 단풍을 들이기 위해 찬비가 내립니다.

온 가족이 잠들고 혼자서 식탁에 앉아 빗소리를 듣습니다. 빗소리는 언제 들어도 좋습니다. 왠지 서둘러 잠이 들 것 같지가 않습니다.

어머님 방에서 기침 소리가 간간이 들려옵니다. 오늘따라 그 기침 소리에 마음이 놓입니다. '사랑할 때 내가 줄 수 있는 가장 좋은 선물은 그 사람을 향한 내 존재 자체'라고 합니다. 어머님이 그 자리에 계시는 것이 우리를 향한 사랑이고 선물입니다. 어머님의 존재를 확인시켜주는 기침 소리에 안도가 됩니다. 친정엄마와 산 세월보다 훨씬 더 많은 세월을 함께 보낸 시어머님, 누가 우리 사이에 토를 달겠습니까.

어머님은 이 가을을 몇 번이나 더 맞을 수 있을까요. 부대끼고 힘들어도 좋습니다. 참 오랫동안 어머님과 함께 가을을 맞았으면 좋겠습니다.

겨울.

시누이가 서운한 소리를 했다고 억울해하고 서러워했습니다. 오랜 세월 그 서운함으로 괴로워했습니다. 그로 인해 어머님과 거리가 멀어졌습니다. 그런 연유로 말대답도 늘었습니다. 우린 그렇게 서로에게 상처를 주고받으며 관계를 이어갔습니다.

나는 자꾸만 상처받았다고 생각했습니다. 그 상처가 아프다고 보는 사람마다 호소하고, 억울하고 속상하다고 자꾸만 되뇌었습니다.

어느 날입니다. 지인이 내게 이런 말을 했습니다.

"세상에는 나에게 상처를 주는 사람은 아무도 없다. 상처 주는 것은 오로지 나 자신밖에 없다"고. 나 스스로 단단하지 못해 작은 일에도 휘둘려서 상처를 받는 거지, 아무도 상처를 주는 사람은 없다고 합니다. 그냥 허―하고 웃어넘기면 될 일도 가슴에 얹어놓고 부대껴서 괴로워하는 것뿐이라고.

왜 진작 몰랐을까요.

'좋은 인연이란 시작이 좋은 인연이 아닌 끝이 좋은 인연이다'고 합니다. '시작은 나와 상관없이 시작되었어도 인연을 어떻게 마무리하는가는 나 자신에게 달렸기 때문이다'라고 합니다.

오늘따라 마음이 편안합니다.

또다시 봄.

어렴풋이 어둠이 내립니다.

'홀로 있음은 세상을 잠시 멈추게 해주고 나를 정화시켜준다'고 했던가요. 그 무덥던 여름도 지나가고, 서성이던 가을도 끝나고, 창문마다 닫아걸었던 겨울도 지나갔습니다. 수런수런 저만치에 봄이 오는 소리가 들립니다. 또다시 봄이 오고 있습니다. 계절은 돌고 돌아 다시 오지만 우리의 삶은 유턴이 없습니다. 이렇게 어둠이 내리면, 설명할 수 없는 쓸쓸함이 밀려옵니다.

오늘따라 돌아가신 시어머님이 눈물 나게 그립습니다.

4

틈을 주다

틈을
주다

우리 언니

녹색 물이 온 누리에 번지는 6월 하순, 언니와 함께 오대산 월정사로 참회기도를 떠났다. 오대산 월정사 가는 길 입구부터 수백 살 먹은 나무들이 하늘을 가리고 섰다. 나뭇가지 사이로 파란 하늘 조각이 우르르 쏟아진다. 맨발로 걸어도 좋은 흙길을 따라 거대한 수림 속에 서니, 나라는 존재는 하찮은 피조물에 불과하다.

월정사 뒷길 수림이 우거진 '지장암' 가는 길로 발길을 옮긴다. 빼곡한 전나무 숲에 이는 바람 소리를 들으며 언니와 둘이 걷는 그 길은 눈물 나도록 호젓하다.

한 배에서 태어났어도 각박한 세상 살아가느라 젊은 날

에는 자주 만나지도 못했다. 유년 시절 그토록 여유롭던 낭만은 온데간데없고, 민들레 홀씨처럼 흩어져 도심지 어디쯤 서로 뿌리를 내렸다. 가정이라는 둥지를 틀고 한 남자의 아내로, 며느리로, 엄마로 각자 삶에 충실하느라 마음의 여유는 늘 부재 중이다. 어느새 인생길에 가을이 왔다.

초등학교 3학년쯤이다. 도시락을 급히 먹어서인지 배탈이 나서 죽을 것같이 아팠다. 혼자서는 집까지 갈 수 없어 언니가 공부하고 있는 5학년 교실로 찾아갔다. 언니는 걱정스러운 얼굴로 내 책보를 들고 나를 부축하며 말없이 걸었다.

가는 도중에도 몇 번을 토하곤 했다. 신작로를 벗어나 색시골 어귀에 들어서니 더는 걷지 못했다. 보다 못한 언니가 내 책보를 어깨에 걸고 나를 들쳐업고 산비탈길을 올라갔다. 축 늘어진 팔다리가 언니의 자라 등처럼 작은 등에서 흔들거렸다. 허약해서 또래보다 작다고는 하지만, 언니보다 별반 차이나지 않는 덩치인데도 5학년짜리 언니는 나를 업고 평지도 아닌 오르막 산길을 올라갔다.

자꾸만 토해서 뱃속에는 아무것도 없었다. 그 와중에도 허기가 찾아왔다. 언니 등에 엎드려 내려다보는데, 저만치

개울창에 찔레꽃이 막 피어나고 있다. 찔레순이 찔레나무 사이마다 튼실하게 솟아 있는 것을 보며 꺾어 먹고 싶다는 생각을 했다.

우리는 그 길을 오르내리며 떫고 달착지근한 찔레순을 꺾어 먹으며 허기를 달랬다. 내가 아프지 않았다면 언니는 찔레순을 꺾어다 주었을 것이다. 지금도 그때 언니 등에서 내려다본 찔레순을 잊지 못한다. 작은 등으로 나를 매달고 산비탈을 올라가던 언니 모습은 더욱 잊을 수 없다.

그때 언니는 아마도 초능력이었을 것이다. 사진첩 속에 끼워진 빛바랜 사진처럼, 나를 업고 비탈길을 오르던 한 장면은 문신처럼 새겨져 이따금 마음 아프게 한다. 찔레꽃 필 무렵이면 어김없이 찾아와 눈가를 적시고 간다.

언니는 나와 두 살 터울이지만 어릴 때부터 동생인 나에게 많은 것을 배려했다. 그때는 껌이 귀했다. 껌을 나누어 먹을 때도 크고 작게 잘라서 큰 것은 나에게 주고 작은 것은 언니가 씹었다. 과자든 떡이든 나에게 더 많이 주었다. 늘 큰 것을 내게 주는 언니가 엄마처럼 크게 보였다.

세탁기가 없던 시절, 빨래를 빨아도 나에겐 양말이나 손수건을 주고, 언니는 큰 빨래를 했다. 감자를 깎아도 나는 적게 주고 언니는 많은 양을 깎았으며, 청소도 언니가 도맡아 했다. 일은 나에게 적은 것을 주고, 먹는 것은 큰 것을 주었다. 내가 막내라는 이유보다 언니니까 동생을 배려하는 마음이 더 컸을 것이다. 그런 언니에게서 배려와 사랑을 배웠다.

딸아이 초등학교 무렵, 큰딸에게 껌을 크고 작게 자르라 하고, 어느 것을 동생 주겠냐고 물었다. 한순간 망설임도 없이 작은 것을 동생에게 준다. 그때 딸아이에게 우리 언니 이야기를 했다. 언니의 배려는 무조건 동생에게 양보하는 것이 아니라 그런 배려를 받고 자란 동생은 언니를 향한 '존경과 사랑'을 배운다고 했다. 언니로서 동생에게 존경받는다면 그보다 더 큰 보상은 없을 것이라고.

더는 강요하지 않았지만, 큰딸은 동생들에게 양보하고 배려하는 마음이 크다. 다행히 작은 애들은 그런 언니를 잘 따르고 좋아한다. 나에게 우리 언니가 무척이나 소중한 존재이듯이, 훗날 큰딸도 동생들에게 존경받는 큰 언덕이었으면 좋겠다.

월정사 경내를 벗어나 뒷길 전나무 숲에 들어서니, 싸아한 전나무 향기가 마음을 휘젓는다. 오늘따라 하늘이 유난히 파랗다. 돌을 던지면 쨍하고 조각나 우르르 쏟아질 것만 같다. 언니와 나는 말보다 침묵을 더 많이 하며 숲길을 걸었다. 월정사 말사 지장암 입구에 들어서니, 녹음 우거진 길옆에 팻말 하나가 오도카니 목을 빼고 섰다. 팻말에 새겨진 문구에 문득 발걸음이 멈춘다.

'나는 이 세상에 태어나 기여한 삶이 있는가'

문득 나를 뒤돌아보게 한다. 많이 배우지 못했으니 지식으로 누군가에게 기여한 바 없다. 가난하게 살았기에 웃음으로 보시했고, 가진 것 없으니 몸으로 보시했다. 보잘것없이 평범하고 소박하게 살아왔을 뿐, 이 세상에 이렇다하게 기여한 바 없다. 문득 부끄럽다.

나에겐 가슴 아픈 일이 있다. 힘들어도 조금만 더 참고, 어머님 가시는 날까지 내 손으로 병시중 들지 못한 것이 내내 후회로 남는다. 아무도 말벗 해주지 않는 병실에서 쓸쓸히 생을 마감한 어머님을 생각하면 지금도 마음이 아프다. 아버님은 세상 다하는 날까지 함께했기에 여한이 없지만, 어머님은 그러지를 못했다. 몇 개월만 더 견디고 어머님을 모셨더라면 34년 함께한 정을 아프게 끊지는 않았을 것이다. 아무리 시대의 흐름이라지만 고려장 같은 그곳으로 보냈어야 했던, 그럴 수밖에 없었던 나의 선택을 참회한다.

시부모님 병시중으로 힘들어할 때도 늘 언니가 내 마음을 어루만져 주었다. 좋은 말로 다독여 주고 때로는 옷과 장신구를 선물해주며 시부모님께 잘하라고 응원해주었다. 그런 언니로 인해 시부모님께 조금이나마 더 잘할 수 있었으며, 그 길이 힘들지 않았다. 어머님을 노인병원으로 보내고 우울해할 때도 내 곁에는 언니가 있었다. 자책하지 않아도 된다고, 너는 오랜 세월 최선을 다해 시부모님 모셨다고 위로해 준 사람도 언니였다. 언니는 나에겐 엄마와도 같은 존재다.

언니는 푸르게 감싸고 있는 오대산 소나무 숲을 바라보며 "내세에는 소나무 숲에 부는 바람으로 태어나고 싶다"고 한다. 자연이 키워준 딸다운 바람이다. 언니다운 소망이다. 나는 다음 생에는 한 그루 소나무로 태어나고 싶다. 내 곁에 이는 바람은 우리 언니일 테니까.

어머, 고마워요

분당 탄천을 걸었다.

수런수런 흐르는 물길을 따라 탄천 산책로를 걷다 보면 많은 사람과 마주치게 된다. 많은 사람과 스쳐 지나가지만, 정작 그 흔한 '안녕하세요'라는 인사를 나눌 사람이 없다. 모두 낯선 이방인이다.

무심한 듯 터벅터벅 걷는데 까마귀 떼처럼 남학생 한 무리가 우르르 달려온다. 점심시간을 이용해 운동을 나온 학생들이다. 그들이 한꺼번에 내 곁을 달려간다면 위세에 눌려 내 몸이 나동그라질 것 같다. 나도 모르게 반사적으로 몸을 움츠린다. 그때 학생 중 한 명이 큰 소리로 말한다.

"여기 어르신이 걷고 계시니 부딪치지 않게 조심히 지나가."

순간 토네이도처럼 몰려오던 학생들이 일렬로 줄을 지어 조심스럽게 지나간다. 그것뿐인가 내 곁을 지나가던 학생들이 큰 소리로 나를 향해 "안녕하세요" 한다. 순간 나는 두 손을 모으고 "어머, 고마워요" 했다. 나도 모르게 툭 튀어나온 그 말이 멋쩍어 멀어져 가는 학생들을 향해 모깃소리만 하게 "안녕" 하고 손을 흔들어 주었다.

분당에 사는 언니가 그랬다는 얘기다.

이 얘기를 들으며 허리를 잡아가며 웃었다. 얼마나 인사에 인색했으면 낯모르는 학생에게 인사받았다고 자신도 모르게 '어머, 고마워요'라는 말부터 나왔을까.

얼마 전 차 한잔하자는 지인을 만나러 ○○○아파트에 갔다.

허름한 단독에 사는 우리 집과는 달리 웅장한 성벽 같은 아파트에 들어서니 위축이 된다. 0000번을 호출하니 요술램프처럼 문이 스르르 열린다. 현관이 항상 열려있는 우리 집만 보다 완벽한 시스템으로 무장한 아파트를 보니 지뢰가 쫙 깔린 비무장지대에 들어온 느낌이다.

엘리베이터 문이 닫히려는데 황급히 문이 열린다. 예쁘장한 아가씨가 들어온다. 낯선 사람을 만나면 우선 경계부터 하게 된다. 좁은 공간에서의 만남은 더욱 그렇다. 머쓱해서 경계의 눈초리로 바라보는데 그녀는 들어오자마자 나를 보고 긴 머리카락이 얼굴을 덮도록 고개를 숙여 "안녕하세요" 한다. 하마터면 나도 '어머, 고마워요'할 뻔했다. 나도 모르게 손을 모으며 "아, 네 안녕하세요" 하고 얼버무렸다.

그녀의 인사 한마디로 갑자기 엘리베이터 안이 환하게 밝아진다. 낯모르는 사람에게도 공손하게 인사를 하는 젊은이를 보며, 요즘 젊은이들의 인사법에 대해 부정적으로 운운했던 선입견이 우르르 무너진다. 아주 미안해진다.

아는 처지에도 그냥 지나쳐 가는 세상에 생면부지인 아이들에게서 인사받고 자신도 모르게 고맙다는 말이 먼저 나오더라는 언니의 마음을 이제야 알 것 같다.

토끼장만 한 엘리베이터 작은 공간에서 기러기목이 되어 두리번거려야 했을 때, "안녕하세요"라는 인사 한마디는 좁은 공간이 넓은 초원이 된다. 예쁘고 발랄한 그 젊은

이의 인사 한마디가 정말 고마웠다.

　아이 어른 할 것 없이 먼저 인사하는 습관은 겨울과 봄을 이어주는 건널목이다. 조금은 익숙하지 않더라도 자꾸만 인사를 하다 보면 누군가에게는 "어머, 고마워요"라는 마음이 절로 들게 하지 않을까. 나부터.

　요즘 젊은이들은 너나 할 것 없이 민첩하고 똑똑하다. 준비 땅, 하고 달리면 모두 일등이다. 여기에서 우열이 갈라지는 길은 인성교육이다. 영리하고 많이 배우고 인성도 올바르면 금상첨화다.

　우리나라 젊은이들에게 밝은 미래를 건다.

틈을 주다

- 신조어

나에게 혼즐(혼자 즐기다)은 나를 사랑하는 시간이다.

혼자 즐기려면 조금은 이기적이어야 하고, 용기가 필요하며 때로는 냉정해야 한다. 번다한 일상에서 벗어나 혼자 고요히 놀 수 있는 여백이다. 오롯이 나를 위해 사치를 누리는 시간이다.

요즘 들어 혼선된 전선처럼 얽힌 일상을 접고, 고요히 나만을 위해 혼즐하고 싶은 틈을 꿈꾼다. 혼자 음악을 듣고, 혼자 여행도 하고, 혼자 영화도 보고, 해가 중천에 뜨도록 늦잠도 자고, 널브러져 뒹굴기도 하며 혼자 즐기고 싶은… 오롯이 '혼즐', '혼음', '혼여', '혼놀' 하고 싶은 마음이다.

살아오는 동안 내 옆에는 항상 누군가가 있다. 외로울 틈도 고독한 낭만도 내게는 주어지지 않는다. 대가족 속에서 가끔 혼즐을 꿈꾸지만 그런 사치를 누리게 그냥 두지 않는다. 돌아서면 연신 부딪치는 물결처럼 나의 일상은 늘 함께다. 구속과 책임이라는 단어와 함께.

그러나 막상 '혼자 즐겨라' 하고 멍석을 깔아주면 제대로 놀지도 못하는 사람이 나다. 너무 오랫동안 함께라는 것에 길들어 산 까닭에 구속이라는 울타리를 벗어나면 불안하다. 어쩌면 나 스스로가 벗어나려고 하지 않는지도 모른다. 오히려 그것을 즐기며 살았을 가능성이 더 크다. 가끔 찾아오는 혼즐이 어색하기까지 하니 말이다.

설이 지났다.

나에게 가장 무거운 단어는 '책임'이다. 명절이 오면 발바닥이 닳도록 분주하게 해놓아도 이렇다 하게 내놓을 만한 먹거리도 없다. 결과는 늘 뜨뜻미지근하지만, 과정은 늘 나를 바쁘게 한다.

명절 내내 책임이라는 무게를 지고 등이 구부정하도록 분주했다. 거기에다 동반한 몸살로 이러다간 명절도 못 쇠지 싶었다. 그러나 책임이라는 단어는 나를 그냥 두지 않는다. 초능력을 동반하여 나를 알뜰하게도 부려먹는다. 책임이라는 단어 덕에 명절은 잘 보냈고 아무렇지도 않은 듯 새해를 맞는다.

현란한 공연이 끝나고 밀물같이 빠져나간 관객들 빈자리처럼, 휑한 새해 아침을 맞는다. 가족 모두 이른 아침부터 제 볼일 보러 외출했다. 채 쓸려나가지 못한 잔물결마저 밀려 나간 듯 집안이 고요하다. 집안에는 오롯이 나 혼자 남았다. 물결에 쓸려가다 걸린 쭈그러진 페트병처럼.

'구속'은 '자유'가 있으므로 태어난 언어다. 자유라는 위대한 언어가 없었더라면 숨어 살았을 슬픈 단어. 지금, 이 시간 모두가 떠나가고 혼자 남겨져 누구의 간섭도 없이 혼즐하고 있지만, 금세 구속이 그리워지는 것은 왜일까.

설이 오기 전, 철 잃은 겨울비가 장맛비처럼 내렸다. 온난화로 인한 이유인지, 새해 윤달이 든 까닭인지 길 잃은 겨울비가 밤새 내렸다. 자연이 흘리는 눈물은 내 감성 건조주의보를 해제시켰다. 아주 외로웠고, 충분히 고독했다. 대가족 속에 숨어 사는 나의 혼즐은 가끔 그렇게 남모르게 다녀간다.

올해도 버킷리스트를 작성한다.

제일 먼저 '혼즐'이라고 써본다. 이제는 정교하게 짜인 일상보다는 가끔은 찢어진 창호지처럼 허술한 틈을 주고 싶다. 새해는 하늘이 숨겨놓은 땅 오지의 암자를 찾아갈 계획이다. 사계절 한 곳씩 가보려고 한다. 너무 많은 것을 계획하면 실천하기가 어려우므로 철마다 한 곳씩 들러 혼즐을 즐기고 싶다.

너무 많은 것을 바라지 않는다. 내게 주어진 삶에 대해 타협하며 내가 실천할 수 있을 만큼의 무게만 지고 가려 한다. 무엇이 되리라곤 꿈꾸지 않는다.

가끔 나에게 틈을 주고 싶을 뿐.

갈등

안양천이 흐르는 우리 집 앞 공원에는 요소요소에 쉼터가 있다.

쉼터 지붕을 받친 네 기둥으로 꽈배기처럼 감고 올라간 해묵은 등나무가 연보라빛 꽃 이엉을 만들어 지붕을 덮는다. 꽃송이가 축축 늘어지는 오월, 이 길은 등나무가 만들어주는 또 다른 오월이 된다. 꽃말이 '사랑에 취함'이듯이 등나무꽃 피는 계절에는 하릴없이 이 길을 오가며 가슴 설레곤 한다.

안양천 둑을 따라 오래된 은행나무가 늠름한 장병처럼 열 지어 서 있다. 우람한 그 나무들이 한여름이면 검푸른 초록빛으로 후끈 달아오른 대지 열기를 식혀주고, 가을이면 안양천 일대에 황금빛으로 온기를 더해준다.

칠월이 되면 은행나무를 감고 올라간 칡넝쿨이 한두 송이 꽃을 피우기 시작한다. 그 꽃향기는 향수를 엎지른 듯 오가는 이들의 마음을 흔든다. 칡꽃은 갈화葛花라고도 한다. 칠팔월에 절정을 이루며, 잘 익은 포도송이처럼 청보랏빛으로 피어난다. 칡꽃은 '사랑의 한숨'이라는 꽃말이 있다. 칡꽃이 필 때면 가끔 그 길을 걸으며 어릴 적 향수에 젖곤 한다.

청보랏빛 칡꽃과 하늘빛을 닮은 연보라색 등나무꽃은 모양이 비슷하게 피어난다. 둘은 꽃을 피우는 시기도 다르고 향기도 다르지만, 겉모습은 닮은 데가 많다. 그렇지만 내적 성향은 정반대로 얽히고설켜서 태생적으로 화합할 수 없다.

무엇인가 해결되지 않아 고민하는 상황, 뜻이 맞지 않아 다투는 상황에서 '갈등'을 겪는다고 한다. 갈등이라는 말은 '갈葛'은 칡을, '등藤'은 등나무를 가리킨다. 칡과 등나무가 같은 나무에 감아 올라가게 되면, 칡은 왼쪽으로, 등나무는 오른쪽으로 감아 올라가기 때문에 서로 얽혀서 문제가 생긴다는 뜻으로 '갈등'이라는 단어가 생겼다고 한다. 자연의 오묘한 섭리로 만들어진 단어다.

딸아이와 나는 닮은 데가 많은 것 같으면서도 아주 다른 성향을 가지고 있다. 오뉴월 메뚜기처럼 톡톡 튀고, 옳고 그른 것이 확실한 딸아이와는 다르게 나는 매사에 신중히 처리하는 소심한 편이다. 그런 이유로 일 초의 망설임도 없이 즉각적으로 반응을 보이는 딸아이와 늘 갈등을 겪는다. 내 뱃속으로 낳았지만 마음까지 닮을 수 없음을 절감한다. 이것이 세대 차이라면 더욱 할 말이 없다.

요즘 시대에 걸맞은 젊은이의 표본인 딸아이 사고방식과 유교 사상이 골수에 박힌 고지식한 내 사고방식이 때때로 부딪쳐 의견이 엇갈려 갈등을 겪는다. 나는 이쪽 길로 가려 하면 딸아이는 다른 길을 선택하여 가는 편이다. 생각의 차이는 늘 갈등으로 이어진다. 칡덩굴과 등나무처럼.

갈등을 해소하기 위해 되도록 딸아이와 한발 물러서서 가려 한다. 딸아이가 나와 반대의 길을 간다 해도 탓할 마음은 없다. 그 아이 인생은 그 아이가 책임지면 되는 것이다. 성인이 될 때까지 같은 방향으로 함께 따라준 것만으로도 감사하다. 이제는 내가 가는 길이 옳다고 우기지도 않으려 한다. 등나무꽃이 더 예쁘네, 칡꽃이 더 예쁘네, 논하지 않으려 애쓴다. 그러나 이러한 노력도 때때로 물거품이 되곤 한다. 여전히 부대낌으로 다가오는 것은 어쩔 수 없다. 자식은 수족 같아 떼려야 뗄 수 없는 관계이기에 갈등은 끊임없이 밀려와 부딪치는 물결과도 같다.

갈등은 살아가는 길목에도 여기저기에 얽혀 있다. 내 속으로 낳은 새끼도 기를 쓰고 반대로 감고 올라가는데 하물며 남들이야 오죽할까 싶으면서도 가슴앓이를 할 때가 있다. 삶은 갈등의 연속이다.

갈등 없는 삶은 무의미한 일인지도 모를 일이다. 영화든 드라마든 연극이든 갈등은 재미를 더욱 고조시킨다. 극에 달했던 갈등이 해소될 때의 카타르시스는 얼마나 평온한 쾌감인가. 갈등 없는 삶이야말로 누구나 추구하는 행복이지만, 갈등은 가끔 나를 뒤돌아보게 하는 지침서가 되기도 한다. 깨달음을 얻게도 한다.

가끔 딸아이가 자신의 틀에 나를 맞추려고 할 때가 있다. 그러나 이순이 되도록 길든 내 사고방식을 하루아침에 선뜻 바꿀 수는 없다. 굳을 대로 굳어버린 동굴 속 종유석처럼, 이미 한쪽으로 틀어져 굳어버린 내 천성을 지금 와서 다른 방향으로 틀려고 하면 고통이 따르게 마련이다. 그 틀에 맞추고 싶은 마음 일도 없다. 나는 나인 까닭이다. 어느 것이 옳고 어느 것이 더 나쁘다 말할 수 없지만, 순간순간 갈등이 해소될 때의 행복을 맛보며 그렇게 살아갈 뿐이다.

딸아이와 나는 영원한 갈등이다.

옆자리

갈 때 맑음.

혼자라고 생각하니 덜컥 불안하다.

함께 가기로 했던 언니가 갈 수 없게 되어 혼자 도쿄행 비행기에 올랐다. 두 사람만 앉을 수 있는 창가에 자리가 지정되었다. 내 오른쪽 옆자리가 아직 비어있다. 본래대로라면 그 자리는 언니 자리가 맞다. 단둘이 오붓하게 여행 가자고 지난여름에 예약했다. 언니가 갑자기 일이 생겨 취소한 탓에 누군가 낯선 사람이 내 옆자리에 앉게 된다.

모두 자리에 앉았는데 내 옆자리는 여전히 비어있다. 차라리 잘 됐다. 가방도 놓고, 모르는 사람과 앉아가는 것도 어색하고 잘된 거야, 생각이 끝나기도 전에 "실례합니다, 안으로 좀 들어가겠습니다." 쳐다보니 미루나무처럼 훤칠한 키에 인상 좋은 청년이 빙그레 웃으며 내려다본다. 준수한 외모가 마음에 들고, 더 마음에 든 것은 목소리다. 오월 훈풍에 녹색물감 번지듯 번져 나는 청아한 목소리다. 참 이상한 것이 옆 사람이 왜 내 맘에 들어야 한다고 생각하는지 나도 모르겠다.

얼른 자리를 내어주고 가지고 들어간 신문 기사에 눈길을 준다. 요즘 젊은이들에게 함부로 말을 걸거나 쓸데없는 관심을 보이면 '나'라고 하는 유일한 명품에 손상이 가는 처신이다. 도쿄 나리타공항까지는 2시간 남짓의 거리다. 2시간 내내 이 청년과 동행해야 하는데 되도록 말 많은 아주머니 행색은 보이지 않으려고 침묵한다.

비행기가 창공을 향해 박차고 오르자 스튜어디스가 대단한 임무를 수행하듯 입국신고서를 주고 간다. 떠듬떠듬 작성지를 메우긴 했는데 어딘가 미심쩍다. 그것은 영문으로 써야 하기 때문이다. 돌아보니 청년도 입국신고서를 쓰고 있다. 나물 캐는 처녀가 나무하러 가는 총각에게 길을 묻듯, 조심스럽게 이렇게 쓰면 되냐고 물었다. 청년은 찬찬히 훑어보며 보충을 해준다. 영어로 거침없이 빈칸을 채우는 그 모습이 너무 멋있어 보인다. 이건 정말 들키고 싶지 않지만, 내가 그 청년 또래라면 한눈에 반했을 것이다. 염치 불고하고 데이트 신청을 하였을지도 모른다.

젊다는 것은 돈으로 환산할 수 없는 큰 재산이다. 가진 것 없어도 가난하지 않고, 잘못해도 용서가 되는, 희망과 꿈이 무한정 보장되는 것이 젊음이다. 아, 나도 그런 파란 시절이 있었지, 창 너머 끝없이 펼쳐진 푸른 하늘처럼.

나의 침묵은 그 청년에 대한 예의다. 고맙다는 인사를 하고, 유명한 재즈피아니스트 '키스 재럿'이 실린 잡지에 얼굴을 묻고 있는데, 일본에는 여행을 가는 거냐고 청년이 먼저 말을 걸어온다. 예의 그 녹색 물결 청아한 목소리로. 가뜩이나 혼자라는 것에 주눅 들었는데 다정하게 말을 걸어오니 내 마음은 어느새 봄빛이 된다.

일본에 사는 딸아이를 만나러 간다고 했다. 청년도 일본에 사는 친구를 만나러 간다고 한다. 외국에서 살다가 한국에 와서 사업을 한다고 하면서, 내 사업을 하다 보니 선뜻 길 나서기가 쉽지 않다고 한다. 뛰다시피 왔는데도 하마터면 비행기를 놓칠 뻔했다며, 우리나라 숨 가쁜 교통체

증을 한순간에 그려놓는다. 그렇게 해서 내 옆자리가 청년에게 갔다.

일본은 자주 가느냐고 묻는다. 몇 번은 다녀왔지만, 함께 가는 사람들 뒷모습만 보고 따라다녀서 혼자가 되고 보니 잘 찾아 나갈지 걱정이라고 했다. 청년은 나갈 때 함께 나가면 된다고 걱정하지 말라고 한다.

천군만마를 얻은 듯 든든하다. 청년에게 밥이라도 한 끼 대접하고 싶어진다. 대한민국 정 많은 아주머니 특유의 본새가 발동한다. 나만의 명품이고, 자존심이고 한순간에 팽개치고 명함을 건네주며 안양에 올 일 있으면 꼭 연락하라고 했다. 안양의 명물 보리밥을 대접하겠다고 하니까 함박꽃처럼 웃는다.

예전에는 안양에 친구가 있어서 자주 왔는데 그 친구에게 차이고부터는 간 지 오래 된다고 한다. 차였다는 말에 그 친구가 여자임을 알았다.

"이렇게 멋진 청년을 찬 그 여자는 엄청난 복을 차버렸군요."

"처음에는 많이 아팠습니다."

"그러게요, 그것이 가장 큰 아픔인데…."

"이제는 괜찮아요."

"그 여자는 복이 거기까지네요."

"그렇게 생각해도 되지요?"

"그럼요, 그 여자는 사람 볼 줄 모르네요. 아마도 많이 후회하고 있을 거예요."

"실은 얼마 전에 다시 만나자고 연락이 왔는데 거절했어요."

"잘했어요. 참 잘했어요."

우린 만난 지 오래된 사이처럼 웃고 떠들며 나리타공항에 도착했다. 이미 까맣게 어둠이 내렸다. 칠흑 같은 어둠 속에서 오롯이 나 혼자였다면 두려웠을 것이다. 그 청년은 줄곧 내 뒤에서 내가 입국절차를 받을 동안 기다려주고, 짐을 찾을 때까지 옆에 있어 준다. 출구를 나와 딸아이를 만나는 순간까지 든든한 보호자 역할을 해주었다.

혼자라는 불안을 씻어준 청년, 언니의 빈자리가 만들어 준 인연, 언젠가는 또 만나면 따끈한 식사 한번 대접해주고 싶다.

'아, 시집 안 간 딸이 있다고 말할걸…'

올 때, 흐림.

음력 정월 대보름 도쿄에는 어느새 벚꽃이 입을 열기 시작한다.

딸아이와 단둘이 호텔에서 온천욕을 하며 한동안 만나지 못한 회포를 푼다. 간간이 그 청년 이야기로 소리 내어 웃기도 한다.

"엄마, 그 청년 목소리 아주 좋던데요."

"그치, 목소리 좋지, 외모도 준수하지 않니?"

"맞아요. 정말 멋있는 사람이던걸요. 엄마 혼자 오는 게 걱정되었는데 도와주었다니까 정말 고마운 사람이네요."

"맞아 정말 든든했어."

"갈 때도 또 만났으면 좋겠네요."

우린 정월 대보름달이 물그림자 지우는 창가에 앉아 밤바다를 바라본다. 일본에서 터를 내린 지 7년, 자리 잡기까지 힘들고 고달팠을 딸애를 바라보니 모성애가 도진다. 개인주의가 도를 넘는 나라에서 소심한 트리풀에이형이 지탱해 나가려면 얼마나 상처받고 힘들었을까. 엄마라는 이름만 달고 살았지 정작 딸아이를 위해서 해준 게 하나도 없다. 이렇게 낯선 이국땅에서 마주 앉으니 알 수 없는 측은함이 파도를 친다. 창 너머 바다에 출렁이는 달빛은 무심하게 아름답기만 하다.

　3박 4일을 딸아이와 보내고 비행기 시간을 맞추어 집을 나선다. 철도문화가 발달된 도쿄역 지하철은 거미줄 같은 미로 속이다. 큰 가방을 밀고 가는 딸애를 보니 괜한 고생을 시키는 것 같아 미안하다. 나리타공항에 도착하니 예정된 시간보다 훨씬 일찍 도착했다. 한국인의 정서 '빨리빨리'가 만들어준 여유로움이다. 이제 또 서로가 혼자가 될 시간이다. 혼자 보내는 것이 마음 놓이지 않는 딸애가 또 안달이다.

　"엄마, 그 청년 또 만났으면 좋겠다."

　"그러면 정말 인연이지."

　그렇게 나는 혼자가 되었다. 게이트 앞에서 떠날 시간이 되기까지 오랜 시간을 멍하니 앉았다. 엄마는 이러면 안 된다고, 엄마는 그러면 안 된다고 나름대로 최선을 다해 키운 것 같은데, 지금 와서 생각하니 엄마 노릇 제대로 한 것이 일도 없다. 딸아이에게 못 해준 것만 같은 회한이 장대비처럼 치고 내린다.

돌아가는 내내 아쉬움에 눈물 흘렸을 딸애가 눈앞에 어른거린다. 유난히 욕심도 많고, 꿈도 크고, 하고 싶은 것도 많은 아이다. 한국에서 대학을 졸업하고도, 제가 좋아하는 공부를 위해 누구의 도움도 없이 일본이라는 나라에 홀연히 건너갔다. 알바를 하면서 어학을 공부하고, 디자이너 학교에 다니고… 그 계통에서 일하기까지 얼마나 많은 날을 고됨과 싸웠을까. 제가 좋아서 하는 일인데 고생도 다 제 팔자지 하며 애써 외면하고 사는 동안, 그 아이는 날마다 담쟁이 넝쿨처럼 엉킨 전철 속에서 뜀박질하며 달렸을 것이다.

힘겹게 달려온 만큼 이제는 내려놓는 연습을 했으면 좋겠다. 꿈이 크니 실망도 크고, 바라는 것이 많으니 성에 차지 않는다. 이미 많은 것을 이루었고 많은 것을 경험하였으니 마음은 부자일 텐데, 아직도 높이 뛰고 싶은 딸아이는 여전히 고달프다. 이제는 좀 가볍게 살면 좋겠다.

이번에도 창가에 앉았다. 왼쪽 옆자리가 아직 비어있다. 이번에는 어떤 사람이 내 옆에 앉아 갈까. 거짓말처럼 그 청년이 헐레벌떡 달려와 앉을 것만 같은 기대는 무너지고,

내 나이쯤 보이는 신사가 묵례하며 앉는다. 둥근 달을 떠올리게 하는 얼굴형에 두툼한 살집이 살아온 세월을 말해준다. 체크 무늬가 있는 잿빛 정장에 코트는 접어 팔에 걸고 사람 좋은 얼굴로 자리를 잡는다. 나이가 비슷하니 살아온 세월도 비슷할 것이고 이야기를 하다 보면 말벗이 되기는 하겠지만, 이번에도 나는 말을 아꼈다. 말 많은 아줌마의 헤픈 모습을 보이기 싫어서다. 여전히 '나'만의 유일한 명품에 흠집을 내고 싶지 않기 때문이다.

영화라도 한 편 보면 2시간을 보낼 것 같아 이어폰을 꽂으려고 더듬고 있으려니, 옆자리 신사가 얼른 내 오른쪽 팔걸이 밑에 있는 이어폰꽂이에 꽂아준다. 왼쪽 팔 옷깃이 가슴에 와 닿는다. 돌아보며 멋쩍게 눈인사를 했다.

영화 속에 빠져 있으려니 기내식이 나온다. 옆 신사가 얼른 내 식판을 펴준다. 어리바리한 거로 보아 비행기는 처음 타보는 아주머니구나 생각했는지 자상하게도 밥상까지 펴준다. 보호를 받는 느낌이다. 고맙다고 인사를 하니 그냥 인상 좋게 웃는다.

우주에는 노을빛이 오로라처럼 번진다. 비행기가 가면 갈수록 구름층이 짙게 깔린다. 한국에는 비가 온다고 하더니 인천공항이 가까이 왔음이다.

비행기가 엄청난 경적을 울린다. 처음 들어보는 소리다. 그 소리는 설명할 수 없는 서글픔이 깃들어 있다. 비행기는 한 번 더 큰소리로 경적을 울린다. 새끼 찾는 어미 소 울음소리처럼 들린다. 뱃고동 소리 같기도 하고 기적소리와도 같다. 곧 착륙할 것이라고 기장이 안내한다. 아마도 비가 많이 내리니 안전을 위해 착륙을 알리는 소리일 것이다.

문득 할 일이 생각난다. 나에게 무심코 이어폰꽂이를 찾아 꽂아주고, 식판을 펴준 옆자리 신사의 옷자락을 톡톡 쳤다. 신사가 돌아보며 귀를 바짝 대준다. 다정한 연인처럼 내 말을 들을 준비를 한다.

"저기요, 배는 떠나면서 뱃고동을 울리고, 기차는 떠나면서 기적소리를 울리는데 비행기도 요란하게 경적을 울리는데 비행기가 내는 소리는 뭐라고 하나요?"

생뚱맞은 질문에 그 신사는 "글쎄요." 그저 웃기만 한다. 이렇게 물은 것은 핑계다. 아까 도와준 것에 대한 인사를 하기 위한 전주곡이다.

"아까는 고마웠습니다."

"아, 아닙니다."

"안녕히 가세요."

왼쪽에 앉은 그 신사는 먼저 일어나 가방을 챙기고, 밀물처럼 밀려오는 뒷사람들을 가로막고 서서 나를 먼저 나가라고 손짓한다. 든든한 보호자 같다. 그 신사는 짐을 찾기 위해 우르르 밀려가는 여행객들 속에 끼어, 사람 좋은 얼굴로 멀어져 간다.

언니 대신 내 옆자리를 채워주고 간 두 남자는 혼자 떠난 이번 여행길에 좋은 길벗이 되어주었다. 뭔가 사랑을 흠뻑 받은 느낌이다.

내 딸아이 옆자리도 누군가가 언덕처럼 든든하게 기댈 수 있는 동반자가 있어 주면 더 바랄 것이 없을 것 같다. 그러기를 간절히 바란다.

밖에는 줄기차게 비가 내린다. 가족이 모두 와서 이산가족 상봉이나 한 것처럼 반겨준다. 나는 온 가족이 다 몰려와 반기는데 천애 고아처럼 혼자 돌아갔을, 또 그렇게 살아갈 딸아이 모습이 자꾸만 눈물이 되어 흐른다.

억수같이 쏟아지는 빗속이라 참 다행이다.

5

1%의 가능성

1%의
가능성

콩

나는 순덕이 아줌마 발걸음 소리를 들으며 자란다.

양구 대암산 깊은 계곡을 흐르는 두타연 일급수를 먹고, 부지런한 농부 발걸음 소리를 들으며 키가 큰다. 때때로 찾아와 보듬어주는 넉넉한 순덕이 아줌마 사랑을 먹으면 한여름 불볕더위도 견딜 수 있다.

나는 대암산이 붉게 물들 즈음, 순덕아줌마 입꼬리가 귀에 걸리도록 통통하게 살이 오른다. 내 작은 몸은 땅의 온기와 햇볕과 달빛, 산소와 비, 바람과 농부의 땀으로 완성된다. 온 우주가 담긴다.

대암산 아래 넓은 벌판에 희끗희끗 서리꽃이 피면, 나

는 순덕이 아줌마 곡간에 둥지를 튼다. 봄, 여름, 가을이 총총히 내 곁을 지나가는 동안, 나도 분주했다. 싹을 틔우고, 꽃을 피우고, 제때 열매 맺기 위해 숨 가쁘게 달려왔다. 이제 고단함을 내려놓고 잠시 침묵의 시간을 보낸다.

초겨울 짧은 볕이 창가에 드리우자, 순덕이 아줌마는 우리를 벅벅 문질러 목욕을 시킨다. 아궁이에는 등걸불이 활활 타오르고, 가마솥에는 물이 설설 끓어난다. 아줌마는 일 초의 망설임도 없이 가마솥 끓는 물에 우리를 와르르 쏟아붓는다. 지금부터 우리는 아주 뜨거운 맛을 보아야 한다. 화탕지옥 같은 고통을 두세 시간 견뎌내야 한다. 이것은 내가 무엇이 되기 위한 첫 번째 의식이자 혹독한 과정이다.

순덕이 아줌마는 우리를 비벼도 보고 씹어보기도 한다. 우리가 무엇이 되기 위한 중요한 가늠이다. 비릿한 콩 비린내가 가시고 손가락으로 비벼 뭉그러질 때쯤, 드디어 불꽃이 잦아들고 우리는 퉁퉁 부은 몸을 서로 기대며 한소끔 더 뜸들이 선잠을 잔다.

드디어 화산 같은 김을 토해내며 솥뚜껑이 열린다.

우리는 몸이 식기 전에 방망이질을 당해야 하는 또 하

나의 아픈 의식을 거쳐야 한다. 포댓자루 속에서 힘센 농부에게 지지 밟히기도 하고, 절구통 안에서 온몸이 형체도 없이 뭉그러지도록 매를 맞아야 한다. 이제 '나'라는 한 알은 없어지고, '우리'라는 한 덩어리가 될 차례다.

순덕이 아줌마는 우리를 뭉쳐서 덩어리로 만들어낸다. 그녀의 투박한 손바닥이 수도 없이 온몸을 토닥여 준다. 그동안의 고통을 위로하듯 어루만진다. 못생긴 덩어리로 다시 태어난 나는, 대암산 푸른 바람이 불어오는 처마 끝에 박쥐처럼 내걸린다. 햇빛과 바람은 속속들이 젖어있는 내 몸에 물기를 거둬낸다. 한동안 처마 끝에 풍경처럼 매달려서 그렇게 흠뻑 순도 높은 외로움에 젖는다.

가뭄에 논바닥 갈라지듯 내 몸에 실금이 갈 즈음, 순덕 아줌마는 뜨거운 아랫목에 짚으로 요를 깔아 우리를 포개 눕힌다. 깊은 잠을 자라고 포대기를 꼭꼭 눌러 덮어준다. 온몸에서 열꽃이 필 때까지 족히 몇 주 동안은 납죽 엎드려 있어야 한다.

구정이 지났다.

순덕 아줌마는 우리를 조근조근 흔들어 깨운다. 제대로 열꽃이 피었다며 입가에 웃음꽃이 가득하다. 온 집안에

꼬릿꼬릿한 냄새가 떠돌아도 그저 좋아한다. 나는 알고 있다. 이제 훌훌 털고 길 떠나야 한다는 것을.

나는 어느 택배기사 어깨 힘을 빌려 안양에 사는 허름한 집 아주머니댁으로 왔다. 그녀는 양자를 들이듯 어색하고 반가운 얼굴로 우리를 맞는다. 얼른 흐르는 물에 내 못생기고 지저분한 몸을 샅샅이 닦는다.

입춘이 지난 도시 날씨는 미세먼지와 함께 칙칙하고 까칠하다. 탁한 공기가 윙윙거리는 도시의 허름한 집 옥상에서 벌거벗고 누워있자니 울컥 눈물이 난다. 대암산 맑고 푸른 공기가 한없이 그립다. 마을마다 계곡마다 꽃잔치 준비하고 있을 아늑한 그곳, 내가 자란 그 텃밭에는 꽃다지, 달래, 냉이가 고개를 밀고 올라와 아지랑이와 속삭이고 있겠지. 텃밭에 다시 뿌리를 내리는 씨앗이 되고 싶었던 꿈은 사라지고, 이 낯선 곳에 누워있으려니 슬픔이 안개처럼 밀려온다.

무심한 바람은 어느결에 내 몸의 물기를 털어낸다. 도시 아주머니는 몇 번이고 내 몸을 뒤집으며 슬픈 내 마음을 매만진다. 사춘기 맞은 자식 달래듯 말없이 그렇게 어루만진다.

오늘은 십이지十二支 중 말午날. 음력 정월 10일. 손 없는 날.

햇살이 쏟아지는 허름한 집 옥상에서 도시 아주머니는 분주하다. 봄바람에 흙먼지를 뽀얗게 뒤집어쓴 항아리마다 물행주치고, 넓은 대야에 생수를 붓고 서해바다 천일염을 찰방찰방 풀어헤친다.

시어머니 적부터 내려왔다는 커다란 항아리 속에는 서해 바닷물이 농도 짙은 짠 내를 풍기며 나를 기다린다. 나는 파란 하늘과 흰 구름이 퐁당 빠져 있는 작은 우주 속에 고요히 잠겨서 40일간 도시 아줌마의 발걸음 소리를 들으며 단꿈을 꿀 것이다.

봄볕이 촘촘히 내리쬐는 옥상에서 긴 침묵이 끝나면, 나는 당당하게 된장으로 태어나, 도시 아주머니의 밥상에서 자랑스러운 무엇이 될 것이다.

예기치 못한 사태

살다 보면 이런저런 일들이 있기 마련이지 싶어 늘 긍정적인 마음을 갖는다. 하지만 집안에서 개를 기르는 것은 결사반대다. 아주 질색이다.

요즘은 거리를 가든 산책길을 걷든 개 천국이다. 안아주고 업어주고 온갖 요상한 옷을 입히고, 머리핀을 해주고, 목걸이도 걸어주고, 뽀뽀도 해주고, 호사도 그런 호사는 없다. 그런 모습을 보며 속으로 '어이구 제 부모한테나 잘할 일이지…' 끌끌 혀를 찼다.

어느 날, 딸아이가 강아지를 안고 집으로 들어왔다.

예기치 못한 일로 며칠을 끙끙 앓았다. 요상한 짐승하고

동거를 할 줄이야 꿈에도 몰랐다. 개 냄새가 집안에 진동하고, 오줌 싸고 똥 싸고… 딸애와 싸움이 끊이지 않는다. 팔자에도 없는 개 할미를 만들어놨다고 눈만 마주치면 얼굴을 붉힌다.

기왕에 기를 거면 좀 복슬복슬하고 순한 강아지를 데리고 오든지, 독일산 미니핀이라는 까만색 강아지는 털이 짧고 다리가 가늘어 귀염성이라고는 일도 없다. 이름도 '깜둥이'라든가 '순둥이'라든가 '단비'라는 한글 이름도 아니고 '세부'라는 낯선 이름을 지어 놓고 자꾸만 부르라고 한다.

다들 출근하면 고요한 집안에 그놈과 단둘이 있다. 요것이 내가 싫어하는 것을 아는지 살살 눈치를 본다. 똑바로 바라보지도 않고 흰자위가 드러날 만큼 눈동자를 돌려서 요래 나를 째려본다. 내 눈과 마주치면 짧은 꼬리를 살래살래 흔든다. 그렇다고 살갑게 다가오는 것도 아니다. 여차하면 도망갈 태세로 귀를 뒤로 접었다 폈다 한다. 외출하고 돌아와도 본체만체한다. 안기는 맛이 일도 없다.

여러 달이 지나도 우린 완벽한 타인이다. 온종일 같이 있어도 여전히 서로 묵언 수행한다. 가끔 목을 빼고 그놈의 근황을 살피면 고놈도 목을 빼고 예의 흰자위를 하얗게 드러내며 요래 나를 흘겨본다. 그것이 그놈과의 의사소통의 전부다.

가끔 낯선 사람이 오면 죽겠다고 짖어댄다. 혼자 있을 때는 누가 와도 죽은 듯 있는 녀석이 나와 함께 있으면 지나가는 발소리에도 신경을 곤두세운다. 그것은 자신을 지키기 위한 위기본능에서 오는 것이 아니다. 제 딴에는 나를 지키기 위함이라는 것을 직감한다. 조막만 한 것이 꼴에 주인을 지켜야 한다고 목이 터져라 짖어댄다. 그러면서 의기양양하게 내 눈치를 살핀다.

그렇게 거리를 두던 녀석이 어느 날부턴가 살그머니 다가와 앞발로 내 무릎을 톡톡 친다. 팔을 벌리니 머리를 무릎에 대고 넙죽 엎드린다. 아주 조금씩 거리를 좁힌다.

어느새 요상한 짐승과 동거를 한 지 1년이 지났다.

어찌나 먹는 것을 밝히는지 조심하지 않으면 돌도 삼킬 태세다. 방심은 금물이라고 귀가 닳도록 이르던 딸아이 말을 귓전으로 흘렸다. 쓰레기 봉지를 주방 바닥에 두고 잠시 한눈을 팔았다. 언제 들어왔는지 입맛을 다시고 나오는 놈을 보는 순간 아찔하다. 쓰레기 봉지가 주방 바닥에 폭탄 맞은 꼴을 하고 있다.

예기치 못한 사태는 이틀이 지나자 벌어졌다. 녀석은 토하고 설사를 하기 시작하더니 급기야는 피똥까지 싼다. 그렇게 먹는 것에 목매던 놈이 음식을 거부한다. 된서리 맞은 잡초처럼 꼬리를 내리고 한쪽 구석에 쭈그리고 있다. 저러다 죽지 싶어 마음이 쿵 내려앉는다.

녀석은 밤새 한잠도 못 자고 서성인다. 하얗게 곁눈질을 하던 맑은 눈동자는 희미하게 정기를 잃고 구부정하게 앉아 있다. 나도 모르게 그놈 배때기를 쓰다듬으며 웅얼거린다.

"할미 손은 약손 세부 배는 똥배, 할미 손은 약손 세부 배는 똥배…"

어느새 나는 개새끼 할미가 되어있다.

말 못 하는 작은 짐승은 아무런 반응이 없다. 한발 다가서면 한발 물러서던 녀석이 배를 쓰다듬는 내 손을 거부하지 않는다. 아프다는 말도 못하는 짐승을 보니, 어떻게든지 살려야 한다는 생각에 마음이 급하다. 서둘러 동물병원을 찾았다. 먹어서는 안 될 이물질로 인해 극심한 장염이 걸렸단다. 거기에다 비닐도 먹어서 장폐쇄증이 생기면 수술까지도 가야 한다는 진단이 나왔다.

그렇게 부산스럽던 놈은 죽은 듯이 얌전하다. 배를 쓸어줘도 안아줘도 가만히 있다. 정기 잃은 눈으로 빤히 쳐다볼 뿐이다. 엄청난 통증이 있을 텐데 말없이 오들오들 떨며 쭈그리고 있다. 그 모습을 보니 측은지심이 오뉴월 마른 논에 물 퍼 올리는 발동기처럼 요동친다. 모든 검사가 끝나고 입원을 시키고 돌아왔다. 거실에 들어서니 집안이 적막강산이다. 고 작은 존재가 집안을 가득 채웠다는 사실이 한눈에 들어온다.

다음 날 면회하러 갔다. 다행히도 염증 수치도 떨어지고 활동량이 늘었다. 녀석은 살그머니 내 옆에 다가와 곁을 준다. 개에 대해 그토록 질색하던 내 마음은 이제 어디에도 없다. 어느 틈에 녀석은 우리 가족의 일부가 되어있다.

의학의 힘에 감사하며 면회를 하고 그길로 산사로 갔다. 부처님을 바라보니 울컥 눈물이 쏟아진다. 그토록 질색하던 개새끼를 위해, 살려달라고 돈이 얼마가 들어도 좋으니 살려만 달라고, 그놈처럼 말도 못 하는 부처 앞에서 넙죽넙죽 절을 했다.

따지고 보면 녀석도 나도 짐승에 불과하다. 나는 말을

할 뿐이고 녀석은 말을 못 할 뿐이다. 어찌 편견을 두리.

입원 4일째 세부는 건강한 모습으로 퇴원했다. 퇴원 축하로 빨간색 리본 목걸이도 매주고, 머리띠도 해주고, 간식도 사주고, 뽀뽀도 해주고 가관도 아니다.

이제야 알 것 같다. 반려견 기르는 사람들 마음을….

1%의 가능성

— 강원도 사투리

2018년 6월.

러시아 월드컵 축구장을 후끈 달쿠고, 시상의 주목을 빡세게 받은 축구팀은 단연코 한국 축구팀이드래요. 16강 진출에는 실패했지만, 세계랭킹 1위 독일을 2대 0으로 이기고 세계 축구 팬들 가심팍에 확 불을 싸질렀지 뭐이나요. 위대한 승린 기래요.

한국은 독일 팀과의 경기에 앞서 스웨덴, 멕시코 경기에서 다 떨어졌드래요. 하지만요 우리 선수들 기량은 절대루 뒤지지 않았는 기래요. 조현우 골키퍼의 날카로운 선방은 모든 축구팀의 간담을 서늘케 했지 뭐이나요.

스웨덴 첫 경기에서 장현수 선수는 "걱정하지마, 내가 다 막아줄 게" 요래 장담이르 했지만 팔때기에 꽁이 맞은 실수로 페널티킥이 턱 주어졌지 뭐이나요. 이를 막지 못해 1대 0으로 지고만 기래요.

멕시코전에서 손흥민이 미사일 같은 슈팅으로 한 꼴을 넝(넣다)기래요. 갈증을 느끼던 팬들 가심팍에 쏴아 한줄기 소낙비를 내려주었지만요. 결국 2대 1로 지고 말았능기래요. 선수들 사기가 폭삭 주저앉고, 축구 팬들은 애가 말라 죽겠는 기래요.

세계랭킹 1위인 독일전을 앞두고 모든 언론은 한국이 독일을 이길 확률은 1%라고 독일의 승리를 확신해 뿐지지 뭐이나요. 가제나(가뜩이나) 마카(모두) 맥쎄가리가(맥. 힘) 폭싹 주저앉아 있는데 웬 개코같은 소리를 지껄이는지 모르겠능기래요. 우덜(우리)은 뭐 창지머리(성깔)도 읎는줄 아능기래요.

드리어 독일과 쌈박질이 시작 됐드래요.

우덜 태극전사들은 1% 가능성을 가꼬 전쟁터로 뛰들었능 기래요. 퇴끼와 호랭이 쌈박질이지 뭐이나요. 누가 봐도 세계 순위 57위가 세계 순위 1위인 독일을 이기리라곤 예상하지 못핸 기래요. 그런데요 우덜 태극전사는 세계에서 젤루 기가 빡쎈 DNA를 타고났다는 한국인의 기질을 고대로 뾴때를 보여준 기래요. 우덜도 창지머리는 있능 기래요.

후반전 추가시간 6분, 맥쎄가리(기운)가 다 빠진 상태에서 김영권이 베랑간 첫 꼴을 넣었드래요. 기적 같은 첫 꼴이 터졌지 뭐이나요. 데뜨번에 눈깔이 확 뜨이데요. 여기서 끝낭기 아이래요. 온 시상이 술렁이는 환호를 받으며 손흥민의 폭풍뜀질로 두 번째의 꼴을 베락치듯 성공시켰지 뭐이나요. 음매나 재미진지 모르겠능 기래요.

독일 골키퍼가 중앙선을 넘어 뛔나갔을 적에, 주세종 선수가 손흥민을 겨냥해 장거리 슛을 빡시게 날린 기래요. 시상에서 젤루 뽐나는 포물선이지 뭐이나요. 독일 골문이 텅 빈틈을 타서 손흥민이 50m를 6초 만에 세싸바리가(죽도록) 빠지도록 뛔가 꼴인에 성공한 기래요. 90분을 쉬지 않고 뛔댕기고 또 뛔댕긴 삭신(몸)이라 매카리가 폭삭 주져앉았을 낀데도 가(손흥민)는 포기하지 않았는 기래요.

집덜마다 거리마다 온 국민덜이 음매나 소래기(소리)를 빽빽 내지르는지 귀까리(귀)가 따갑지 뭐이나요. 내도 소래기를 음매나 내질렀는지 목구녕이 환끈거리데요.

손흥민의 폭풍뜀질은 경기장에 잔뜩찬 축구팬들을 싸

그리 뻐꾸질(미친 듯이 날뜀)치게 했지 뭐이나요. 온 시상 사람들을 마카 감동의 물결 속으로 몰아가기에 충분했능 기래요. 한순간에 지구가 흔들흔들 흔들리지 뭐이나요. 한국 선수덜을 향한 박수갈챈 기래요.

손흥민의 폭풍뜀박질은 독일선수들을 집구석으로 돌려보내는데 한 개도 지장이 읎능 기래요. 기찬 뽄때를 보여준 기래요. 그 뭐이나 우덜 태극전사들은 전 세계의 주목을 받기에 충분했능 기래요. 비록 16강에는 올라가지 몬했지만 긴 세월 가심팍에 남을 끼래요. 대구빡(머리)에 오래오래 기억될 끼래요.

기적의 원동력은 또 있지 뭐이나요. 목구녕이 터져라 소래기를 내지르는 조현우 골키퍼의 한마디 "포기하지 마!"였는 기래요. 마카 맥쎄가리가 읎어 꿈을 잃어가는 시점에서 조현우의 "포기하지 마" 구호는 말이지요 선수들을 몽지리(모두) 사기를 북돋았고, 팬들의 가심팍에 확 불을 싸질렀능 기래요. 눈물 없이는 볼 수 없는 명장면이 자꾸만 자꾸만 쏟아지는데 맴이 울컥 하대요.

조현우는 독일의 빡쎈 슈팅 26개를 빈틈없이 막아내는 철통같은 수문장 역할을 한기래요. 삭신을 날리고 자빠지고 엎어지고 대구빡이 깨지고 세싸바리(혀)가 빠지도록 가심팍으로 막아낸 기래요. 목숨을 바쳐서라도 이기고야 말겠다는 조현우의 몸부림은 드디어 1%의 가능성을 승리의 신화로 이끌었능 기래요.

한국이 독일을 이김으로 해서 스웨덴에서 진 멕시코가 16강에 진출하게 됐지 뭐이나요. 우덜(우리)은 떨어졌지만, 독일을 이긴 것 하나만으로도 세계 언론에 주목 받았고 젤루 인정받은 기래요.

멕시코는 지들 나라에서 땡큐 코리아 열풍으로 들썩이지 뭐이나요. 한국이 독일을 이김으로 인해 16강에 올라갔다고, 우덜을 형제 나라라고 대우하며 멕시코에 간 우덜 나라 사람덜을 목말꺼정 태워주는 행위도 서슴지 않는 기래요. 음석값, 벵기 운행비꺼정 깎아주기도 하며, 한국대사관 앞에서는 멕시코 축구팬들이 마카 몰려와 소래기를 내지르며 뻐꾸질치는 기래요. 연일 태극기가 멕시코 하늘에 높이 휘날리지 뭐이나요.

지난번 월드컵에서 독일에게 7대 1로 진 브라질도 독일을 우덜이 탈락시켜줘서 고맙다고 축구팬들의 뻐꾸질이 대단했드래요. 영국은 더 뜨거운 반응을 보였드래요. 온 시상이 우덜 태극전사들에게 응원을 퍼붓는 기래요. 대뜨번에 지구 전체가 뜨거운 뻐꾸질로 후끈 달아오르지 뭐이나요.

지금꺼정 아시아국에서는 독일을 이긴 나라가 유일하게 한국뿐이드래요. 16강에는 탈락했지만 한국축구 선수들은 빡쎄게 훌륭한 팀이고, 멋진 패배였다고, 각 나라 언론들은 기찬 찬사를 막 퍼붓지 뭐이나요.

독일 요아힘 뢰프 감독은 "이제 독일은 지는 해고, 한국은 뜨는 해다"라고 했드래요. 히딩크 전 한국축구 감독은 "오만한 독일이 한국에게 벌 받았다"고 일침을 가하기도 했지 뭐이나요.

공항에 도착한 우덜 태극전사들은 16강에 진출하지 못해 죄송하다고, 매카리가 폭삭 죽어서 대구빡을 숙이는데 왜 그리 짠한지 모르겠능 기래요. 우터하면 이길 수 있나 애태우며, 음매나 빡시게 싸웠는지 우덜이 다 아는데, 16강에 탈락해도 시상을 깜짝 놀리킸는데… 16강에 올라가고 못 올라강기 뭔 상관이드래요. 가들은 최선을 다한기래요. 대단한 기래요.

조국에 대한 애국심과 국민의 응원에 감사함을 눈물로 대신하는 모습을 보이 내 맴 구석이 찡하며 눈까리가 붉어지데요.

가들은요 "걱정 마, 내가 다 막아줄게", "네 잘못이 아니야 힘내", "얼른 잊어버려", "포기하지 마"라는 뜨거운 구호로 서로 위로하고 감싸 안으며 1%의 가능성을 뛰어넘어 승리의 신화를 이루어 냈기래요. 호랭이 같은 독일 선수들을 시상 사람덜 보는 앞에서 빽따구를 추레놓는(반죽여놓다) 뽄때를 보여준 기래요.

온 국민, 우덜 가심팍을 화끈하게 불태워 준 태극전사들은 앞으로도 영원히 포기하지 않을 끼래요. 빡시게 고맙드래요.

시상은 또다시 봄이 왔드래요.

경제난국으로 매카리 읎는 요즘, 우덜은 다시 일나야 하드래요. 올해도 내년에도 또 먼 훗날꺼정… 2018년 월드컵맹키로 빡쎈 열풍이 일나 대뜨번에 온 국민의 가심팍마다 에너지가 철철 넘쳐나야 하드래요.

시상에서 젤루 빡쎈 단어는 '우리'라고 하잖나요. 우덜은 마카, 몽지리, 몽창, 싸그리, 전수(모든 것) 이겨낼 수 있는 심이 있는 기래요. 1%의 가능성을 가지고 다시 한번 냅따 뛔가드래요.

위로

　창밖에는 봄빛이 벌떼처럼 웅성거린다. 어질러진 세간처럼 마음이 어수선하다. 얼굴을 내밀다 꽃샘추위에 움츠렸던 개나리가 훈훈한 바람결에 다시 벙글어진다. 봄비라도 내릴 모양이다.

　우중충한 실내를 정화하려고 클래식을 튼다. 오래전 선물로 받은 CD가 있다. 이곳에 수록된 음악 중 5번 곡을 가장 좋아한다. 클래식에 조예가 깊지 않은 나는 제목도, 작곡자 이름도 모르면서 참 오랜 세월 5번에 실린 이 음악을 즐겨들었다. 작곡자 이름이나 제목은 중요하지 않았다. 그냥 듣는 게 좋았다. 무엇에 익숙해진다는 것은 잊히지 않는 고향 같다. 그저 5번이라는 것만 기억하면서 도돌이 표처럼 되풀이해서 이 음악을 들었다.

마음이 잘 정리되지 않을 때, 대인관계에서 복잡한 감정을 추스르지 못할 때, 나 자신을 고요히 돌아볼 때 조용히 앉아 이 음악을 들으면 금세 마음이 안정되곤 한다. 가만히 듣고 있으면, 무엇인가 이루고 싶은 욕망이 몸부림치고 있는 것 같다. 한바탕 소나기가 지나가듯 마음을 흔들어 놓다가도, 봄비가 자근자근 대지를 적시듯 엇나가는 감성을 다스려 주기도 한다. 그 어떤 말로도 위안이 될 수 없는 감정을 이 곡이 대신 위로해 준다.

언젠가부터 이 곡을 아기가 칭얼댈 때마다 들려주었다. 신기하게도 5번째 수록되어 있는 이 곡이 흐를 때쯤 아기는 슬그머니 잠이 들곤 한다. 아가의 반응에 비로소 작곡가와 제목이 궁금해졌다. 어떤 배경이 밑바탕이 되었으며 어떤 생각으로 이 곡을 썼기에 아기까지 쉽게 잠재울 수 있을까 궁금했기 때문이다.

사라사테의 지고이네르 바이젠Zigeunerweisen이다. 이 곡은 연주법상의 기교가 총망라된 난곡難曲이라 당시는 작곡자인 사라사테 자신밖에 연주할 사람이 없었다고 한다. 화려한 기교와 집시풍의 선율로 듣는 이를 매료시키는 명곡으로 알려져 있다. 모두 연속되는 3부분으로 이루어졌으며, 제1부에서는 집시들의 마음속에 잠겨 있는 정열과 억압할 수 없는 울분을 암시한다. 제2부에서는 집시적인 애조, 목메어 우는 애수가 넘쳐흐르며, 제3부에서는 앞서 애조적이던 것이 집시 특유의 광적인 환희로 돌변한다.

이 음악은 군이 설명을 듣지 않더라도 무엇인가 강한 끌림이 있다. 왠지 그 선율의 의미를 알 것만 같다. 비바람이 몰아치는 것 같이 몸부림치다가 모든 것을 포용하는 것처럼 갈등과 서러움을 잠재운다. 미풍처럼 조근조근 어루만지는 듯, 새로운 희망이 일렁이는 것 같은 마지막 선율에서 온몸에 소름이 돋는 전율이 인다. 더할 수 없는 위로를 받는다. 엄습해 오는 고독을 느낄 수 있으며 외로움이라는 행복을 맛보게도 해준다. 가만히 듣고 있으면 험난한 길을 이겨나갈 수 있는 에너지를 주기도 하며, 숨어 살던 설움을 자근자근 위로받는 환희를 느끼게도 한다.

음표는 문자가 없다. 그 말 없는 몸짓을 따라 수많은 언어가 춤춘다. 가슴을 들뜨게 한다. 음률 속에서 일렁이는 언어는 정답이 없다. 느끼고 싶은 대로 느끼고, 무심히 받아들이면 그만이다. 내 마음이 바뀔 때마다 음률의 의미도 달라진다. 푸른 우주를 날기도 하고, 끝없는 들판을 달리기도 한다. 들꽃 만발한 초원에서 아무런 거리낌 없이 내 영혼은 춤춘다. 그곳에는 구속이 없다. 음악은 이렇듯 나를 자유로운 영혼으로 이끈다. 위대한 예술이다.

나에게 음악은 완전한 자유다.

계절은 돌고 돌아서 다시 봄이다. 매년 돌아오지만 늘 새롭다. 무심히 감겨오는 음률 따라 이 봄날을 보낸다. 올 봄은 내내 맑음이었으면 좋겠다.

견뎌내다

태풍이 전국을 아수라장으로 만들고 유유히 멀어져갔
다. 풀잎마다 나무마다 얼마나 흔들어 댔는지 퍼런 이파
리가 후미진 곳에 수북이 쌓였다. 가을빛에 물들어보지도
못하고 녹색 주검으로 땅바닥에 뒹군다. 견뎌내지 못한
자의 최후의 모습이다.

창문 너머 귀뚜라미 소리가 요란스럽다. 가을을 알리는
자명종 소리다. 뙤약볕이든, 몰아치는 태풍 속이든 잘 견
뎌낸 자의 여유다. 한참 동안 팔짱을 끼고 오묘한 미물 합
창 소리에 귀를 적신다.

바라다보이는 공원에 나무들은 이파리 하나 흔들리지

않는다. 언제 그랬냐는 듯 태풍의 기억을 지우고 있다. 이 상하리만큼 고요하다. 태풍이 오기 전에도 그랬다. 매스컴에서 강한 태풍이 올라온다고 수런거릴 때, 우리 집 공원에 나뭇잎들은 죽은 듯 고요했다. 천재지변은 그렇게 느닷없이 오는 것인가 보다.

죽을 만큼 힘든 일도, 뼈를 깎는 아픔도, 다시는 만나고 싶지 않은 대인관계도… 무심히 견뎌내면 저렇듯 고요하고 평화로운 것을. 해일이 한 번씩 바다를 뒤집어주어야 바닷속 생물이 제대로 숨 쉴 수 있듯이, 한 번씩 어려움을 겪어봐야 더 단단해지고, 아무 일도 일어나지 않는 것이 얼마나 행복한 일인지도 알게 된다.

태풍이 지나가고 이어 가을장마가 시작되었다.

명절준비로 마트에 차를 세워놓고 은행 볼일을 보고 돌아가는데, 한 노인이 금방이라도 쓰러질 것 같은 걸음걸이로 내 앞을 걷는다. 우산은 지팡이로 짚고, 걸을 때마다 기우뚱거리는 몸짓이 위태롭다. 머리와 어깨 위로 빗물이 흘러 처량한 노인 뒷모습은 내 발길을 붙잡는다. 우산을 씌워주며, 우산이 있는데 왜 비를 맞느냐는 물음에, 빤히 쳐다보며 야속한 듯 웃는다. 우산을 짚지 않으면 쓰러질 것 같아 비를 맞는 게 차라리 더 안전하단다.

그냥 지나치기엔 빗발이 너무 굵다. 노인도 마트로 가는 길이라 함께 우산을 썼다. 노인도 나도 한쪽 어깨는 빗물에 내어주고 추적거리는 빗속을 느린 걸음으로 걷는다. 걷다가 허리를 펴고, 또 걷다가 서기를 반복한다. 건널목에 오니 파랑 신호등이 깜빡거린다. 다음 신호에 건너자고 한 발 내딛는 노인 팔을 잡아끌었다.

파란불이 다시 켜질 때까지 그 몇 초는 오랜 시간이 흐른 것처럼 길게 느껴진다. 파란 신호를 기다리며 노인에게 궁금했던 질문을 했다. 무심히 떨어지는 빗방울에 눈길을 주며 여든여덟이라고 한다. 평생 동양화를 그려온 화가이고, 시인이었던 남편은 일찍 가고 혼자 남았다며 묻지 않는 말까지 덧붙인다. 같은 곳을 바라볼 수 있는 부부라서 더 행복했을 거라는 질문에는 강한 부정을 한다. 시인이라서 선택한 그 사람은 시인이라서 더 실망을 주고, 더 외롭게 하더라고 서글픈 표정을 짓는다.

화가라 대단하다는 내 말끝에, 이 나이에는 그런 거 다 필요 없다고 한다. 세월은 이제 자신을 아무짝에도 쓸모

없는 사람으로 만들어 놓았단다. 젊을 때는 잘나가던 시절도 있었다면서, 남편과 함께 교류했던 많은 문인 이름을 줄줄이 나열한다. 봄빛 같던 그 시절을 반추하며 마트까지 오는 시간은 노인의 젊은 봄날을 소환해오는 데 충분했다.

몇 년이 될지는 모르지만 죽는 날까지 그림을 그릴 것이라고 한다. 잘 그리려고 애쓰지도 않을 것이고, 무엇이 되고 싶어 그리는 것은 더욱 아니며, 다만 그림 그리는 것이 좋아 생명 끝나는 날까지 그릴 것이라고 한다.

한 걸음 한 걸음 가쁜 숨을 토하며 걷는 노인을 겨우 마트 앞까지 바래다주고 돌아오는 길은 가을비만큼이나 우울하다.

'젊은 사람이 죽으면 인재 하나가 사라지는 것과 같고, 노인이 죽으면 도서관 하나가 불타 없어지는 것과도 같다'고 한다. 나이 들으니 이제는 아무짝에도 쓸모없고 모든 것이 무상할 뿐이라고 했지만, 어쩌면 그분이 떠나면 도서관 하나가 불타 없어지는 것과 같을지도 모른다. 여든여덟까지 살아오는 동안, 많은 것을 배우고, 많은 일을 겪고, 모든 역사를 기억하는 산 증인인 까닭이다.

여든여덟 해는 결코 짧은 세월이 아니다. 천재지변도 견디고, 일제강점기도 견디고, 육이오도 견디고, IMF를 견디고, 느닷없이 나타나는 신종바이러스도 견디며… 크고 작은 모든 시련을 견뎌냈을 것이다.

이제는 가을비에도 흔들리는 노목이 되었지만, 참으로 잘 견뎌낸 고귀한 삶이다.

끌림

스페인 세비아 집시촌에 왔다.

이곳은 플라멩코 춤이 여행객 발길을 잡는다. 순전히 집시들만의 플라멩코 춤 공연이라는 것에 더 이끌린다. 스페인은 갈 곳 없는 집시들이 살아갈 수 있는 집시촌을 지정해 주었다. 토굴을 만들어 살아가기도 하고, 부자로 살아가는 집시도 있다. 그러나 아무리 좋은 학교를 나오고, 실력 있는 기술을 가졌어도 기관이나 정식 일터에서는 일할 수 없는 처지라고 한다. 월등한 조건을 갖추어도 현지인과는 혼인할 수 없는 사연으로 살아간다. 이런 애환을 안고 있는 집시들이 공연하는 플라멩코 춤이 내심 궁금해진다.

석양이 새빨갛게 물드는 집시촌 언덕, 이국적 향기가 물씬 풍기는 이곳 작은 공연장이 우리 일행을 맞는다. 이번 여행은 내 육십갑자 생일에 맞춰 친구들과 스페인에 왔다. 제주 앞바다 은갈치처럼 팔딱이던 청춘 다 보내고, 이제는 저물녘 붉게 물든 노을빛이 되어버린 나 자신에게 '괜찮다 괜찮다 참 잘 살았다.' 등 어루만져 주기 위해 온 여행길이다.

무대 안은 협소하다. 장막이 드리워진 어두컴컴한 홀에서 한 남자가 다가온다. 외국 영화에서나 본 듯한 투박한 남자가 웃음기 없는 표정으로 다가와 "와인? 샹그리아?" 주문을 받는다. 두툼한 입술 두꺼비 같은 눈 거무튀튀한 피부, 과묵한 표정이 인상적이다.

와인을 시키고 앉아 공연장을 둘러본다. 의자는 온통 붉은색 천으로 씌어있다. 붉은색임에도 왠지 따뜻한 거와는 거리가 멀다. 관객보다 조금 높게 올라간 무대 위에는 두 줄로 의자가 놓여있다. 흥이 넘치는 가수가 노래하면 모자랄 만큼 작은 무대다.

먼저 남자가수가 무대 위로 올라온다. 곱슬머리가 목선까지 내리덮고, 살집이 없어 더욱 길게 보이는 목은 이국

적 분위기를 더한다. 웃음기 없는 남자의 갸름한 얼굴은 오랜 세월 석고상처럼 그 자리에 서 있었던 것 같다. 그 옆에는 기타연주자가 의자에 앉아 기타 줄 음을 조절한다. 덩치가 큰 색소폰 연주자는 가운데 의자에 앉아 영혼 없는 눈으로 멍하니 청중석을 바라본다.

　조금 있으려니 화려한 드레스를 입은 댄서들이 올라온다. 먼저 사십 후반쯤 보이는 여인이 올라와 의자에 앉는다. 흰색 바탕에 검은색 물방울 옷을 입었다. 나이 태가 말해주는 둥글어진 몸매를 따라 올라가다 그녀의 눈빛에 마음이 머문다. 그 오묘한 눈빛은 어느 여배우에게서도 볼 수 없는 우수가 깃들어 있다. 무표정이라기엔 너무나 우울해 보이는 그러면서도 많은 이야기를 담고 있는 아름다움이 담겼다. 그녀보다 조금 더 젊은 여인이 검은색 드레스를 입고 그 옆에 앉는다. 광대뼈가 나오고 유난히 콧날이 오뚝하다. 세파를 정면으로 받아들이고 달려온, 저항할 수 없는 현실을 헤쳐나가려는 듯한 무언의 에너지가 있다. 그 옆에는 앳된 댄서 둘이 나란히 앉는다. 두 여인이 참 예쁘다는 생각을 하면서도 자꾸만 맨 먼저 올라온 흰색 바탕에 검은 물방울 드레스를 입은 중년 댄서에게 눈길이 멎는다. 그 알 수 없는 끌림은 어디에서 오는 걸까.

댄서들이 자리를 잡자 가수가 노래를 부른다. 정선아라리처럼 처량하고 서글픈 곡이다. 그 노래는 한 서린 민요처럼 구성지게 귓가에 맴돈다. 노랫말은 못 알아들어도 왠지 그 뜻은 이해할 것만 같다.

그 선율에 이끌리듯 젊은 댄서들이 일어나 무대에 선다. 박수 소리와 신발 굽 부딪는 소리, 무표정한 율동의 몸부림은 시선을 와락 끌어안는다. 젊은 댄서의 가는 허리와 손동작으로 리듬을 타는 플라멩코 춤사위에 한동안 숨이 멎는다. 댄서들의 예쁜 얼굴에 아무런 표정이 없다. 영혼 없는 인형처럼 춤에만 몰두한다. 한바탕 숨 가쁜 춤사위가 끝나자 힘찬 박수 소리가 홀 안을 가득 메운다.

순서대로 댄서의 춤이 끝나고 끝으로 흰색 물방울 드레스를 입은 댄서가 자리에서 일어난다. 시종일관 먼 곳을 주시하며 앞서 춤추던 댄서들 율동에 맞추어 손뼉만 치던 여인이다.

그녀의 눈빛은 여전히 먼 데를 바라보는 슬픈 사슴이다. 구성진 노랫소리와 함께 자근자근 내리밟는 신발 굽 리듬과 허공을 맴도는 손짓은 오랜 세월 이 길을 걸어왔을 완

숙된 춤동작이다. 이것은 춤이 아니라 통곡이다. 살아온 걸음걸음 겪었던 아픔의 몸짓이다. 여기에는 흥이 아니라 침묵의 몸부림이기에 숙연해진다. 한숨처럼 고독한 표정은 앞서 화려한 젊은 여인들과 사뭇 다른 감정으로 다가온다. 아마도 내가 이만큼 걸어온 세월과 자꾸만 맞물리는 감정 탓일지도 모른다.

그녀가 요염하게 휘두르는 손끝에서 엄지와 장지가 맞부딪치며 똑딱이는 소리와 무릎을 들어 힘껏 내리치는 신발굽 소리는 절묘하다. 옆에서 추임새를 넣는 손뼉 소리와 어우러지는 춤은, 따로 반주가 필요 없다.

가수는 가장자리에 서서, 댄서가 한창 자리를 박차고 온몸으로 춤을 출 때는 노래를 부르지 않다가 잔잔하게 춤사위가 잦아들 틈을 타서 처량하게 노래를 부르곤 한다. 그 노랫소리에 힘입은 듯 무릎을 부르르 떨며 바닥을 자근자근 지지 밟으며 내리치는 몸부림의 강도는 더욱 고조된다. 조근조근 내리는 봄비처럼 잦아들었다가도 강풍이 휘몰아치듯 강도가 올라가기를 거듭하는 사이, 땀이 댄서 얼굴과 목을 타고 빗물 흐르듯 흘러내린다. 핀으로 단정하게 묶여 있던 머리는 어느새 억새처럼 흐트러져 땀에 젖는다. 내림굿 하듯 무아지경에서 춤사위를 벌이다 한순간에 동작을 멈추는 것으로 춤이 끝난다.

숨을 몰아쉬며 땀에 젖은 그녀의 눈빛을 바라보니 내 눈에선 주체할 수 없이 눈물이 흐른다. 그녀의 눈을 차마 바라볼 수가 없다. 집시들의 애환을 담은 사라사테의 '지고이네르 바이젠'을 듣고 난 듯, 가슴에 감겨오는 복받침을 억제할 수가 없다.

한 시간 남짓한 공연이 끝났다. 그들의 살아온 세월만큼이나 길게 다가온 것은 나만의 감정일까. 시종일관 아무런 말도 안 했는데, 그 흔한 웃음 한번 웃어 주지 않았는데, 왜 나는 많은 이야기를 그녀에게서 들은 것 같은 이 끌림은 무엇일까.

무쇠가마솥

귀촌하게 되면 제일 먼저 무쇠 가마솥을 사다 걸고 싶었다. 가난하고 소박하게 살던 유년 시절이 그리운 까닭이다. 그러나 안개 속처럼 귀촌의 꿈은 내게서 점점 멀어져 간다. 아쉬움에 버릇처럼 무쇠 가마솥 타령을 부르곤 한다.

며칠 전 느닷없이 내 이름으로 택배가 왔다. 열어보니 상자 안에는 그토록 노래를 불러대던 무쇠솥이 들어있다. 가슴에 안을 수 있는 크기의 축소판 무쇠 가마솥이다. 8kg이나 되는 묵직하고 투박한 녀석은 내가 상상했던 바로 그 생김새다. 반질반질 길든 새까만 무쇠솥이 와락 내 마음을 끌어안는다.

귀가 닳도록 부르는 무쇠솥 타령을 듣다못해, 딸아이가 소원을 들어준 것이다. 열심히 열창한 보람이 있다. 13인용 밥을 지을 수 있는 미니 가마솥은, 어느 주물鑄物 장인匠人의 피땀으로 탄생하여 그렇게 내게로 왔다.

서둘러 무쇠솥에다 쌀을 안친다. 푸푸 소리를 내며 밥물이 끓어오를 즈음, 불을 줄이고 고요히 뜸을 들인다. 누룽지 눋는 냄새가 코끝을 파고들 때쯤 불을 끄고 한참을 더 뜸 들이기를 한다. 누룽지를 긁어내고 물을 부으니 숭늉 맛이 구성진 트로트 가락이다. 온 집안에 구수한 밥 냄새가 가득하다. 오랜만에 느껴보는 고향 냄새다. 어머니 냄새이기도 하다.

무쇠솥은 유해물질이 없는 친환경 제품이다. 무쇠솥에서 우러나는 쇳물은 우리 몸에 부족한 철분을 섭취할 수 있다고 하니 일거양득이다. 간간이 녹슬지 않게 시즈닝(길들이기)을 해주면 대물림도 할 수 있다.

흔히들 우리나라 사람들을 냄비근성이라고 말을 한다. 그 소리를 들을 때마다 마음이 불편하다. 이것은 잘못돼도 한참 잘못된 말이다. 우리나라 국민성은 투박하고 뚝심 있는 무쇠 가마솥이다. 무쇠솥은 싸느랗게 식었다가도 한번 달궈지면 쉽게 식지 않는 고집이 있다. 불끈 달아오르면 오래도록 온도를 유지한다. 우리 국민성은 쉬이 뜨거웠다가 쉬이 식는 냄비근성이 아니라, 무쇠 가마솥처럼 우직하고 독창성 있는 DNA를 가지고 있다.

요즘 전 세계가 신종바이러스로 전쟁을 치르고 있다. 중국 우한에서 발병된 것이 삽시간에 전 세계에 퍼졌다. 걷잡을 수 없이 감염 확진자와 사망자가 늘어난다. 총칼만 안 들었지 3차 세계대전이나 다를 바 없다. 우리나라도 예외는 아니다. 모든 것이 마비되고 경제는 손발이 묶였다.

그럼에도 불구하고 우리 의료진들, 소방관들, 봉사자들의 활약은 눈물겨운 노력을 하고 있다. 코로나19 감염증과 사투를 벌이는 그들을 지켜볼 때마다 안타깝고 가슴이 뭉클하다.

그들의 노력으로 하루에 천 명 넘게 늘어나던 확진자 수가, 세 자리에서 두 자릿수로 줄었다. 사망자는 그 어느 나라보다도 현저히 적은, 기적 같은 일이 일어나고 있다. 확진 판명을 받은 환자는 신속하게 치료를 하고, 확진자 동선을 추적하여 일사천리로 대처하는 것은 우리나라이기에 가능하다. 온 나라가 우리를 주목하고 있다.

자영업자들은 피해를 안고서라도 스스로 가게 문을 닫아 거리 유지를 돕고, 시민들은 아낌없이 후원금을 전달하여 힘을 더하고, 보이지 않는 천사들은 응원의 메시지를 보내어 용기를 주고…. 어려움을 겪는 사람들이 너무나 많지만, 절박함 속에서도 서로 이해하며 평온한 일상으로 돌아갈 날을 기다리며 협조하고 있다.

'우리'가 또 한 번 불끈 일어선 것이다. 불의를 참지 못하는, 불행을 방관하지 않는 우직한 무쇠 가마솥 같은 우리 국민성이 모든 것을 가능하게 하고 있다.

처음에 코로나19가 발병했을 때, 우리나라를 우습게 보던 전 세계 사람들이 놀라움을 금치 못하고 찬사를 보내고 있다. 철저하고 신속하게 처리해 나가는 우리나라 의료진들과 국민의 단합된 모습에 놀라고, 우리의 대처법을 따라 하기도 한다. 개인주의가 심한 유럽인들은 우리의 무쇠 가마솥 같은 뜨거운 단결성을 절대로 따라 할 수 없다.

우리가 냄비근성을 가진 국민이었다면 36년 일제 치하에서 그토록 목숨 걸고 독립운동을 하지 못했을 것이다. 세계에서 두 번째로 못살던 나라가 짧은 기간에 선진국

반열에 오를 수도 없다.

　우리는 어떠한 위기에 부딪히면 '우리'라는 끈끈한 단결성이 후끈 달아오른다. 그 열기로 모든 것이 하나가 되어 이겨낸다. 그것은 대통령이 시켜서도 아니고, 무력으로 강요해서도 아니다. 무엇을 바라서는 더욱 아니다. 한번 뜨겁게 달아오르면 쉽게 식지 않는 무쇠솥 같은 우리의 국민성이 이루어낸다. 너와 내가 아닌 '우리'라는 힘으로 코로나 보릿고개를 잘 견뎌낼 것이며, 언제가 될지 모르지만, 코로나19도 깊이 잠재울 것이라 믿는다. 그 누가 감히 우리를 냄비근성이라고 했는가.

　엄밀히 따지면 침묵도 대답이라고 한다. 입을 꽉 다문 녀석은 눈이 마주쳐도 말이 없다. 뚝심 있게 침묵한다. 내가 무엇을 생각하든, 무엇을 행하든 그냥 묵묵히 지켜봐 준다. 웃고 있어도 잿빛인 내 마음에, 투박하고 못생긴 녀석이 빛을 밝힌다. 우직하고 든든한 그 모습이 힘이 된다. 비록 귀촌은 못 했어도 미니 무쇠솥으로 꿈 하나는 이루었다.

　오늘은 녀석으로 인해 그냥 위로가 된다.

6

고맙습니다

고맙습니다

여름이 춥다
– 김대규 선생님 가시던 날

흰 국화 속에 둘러싸인 사진 속 선생님 모습은 차라리 평화롭다. 예전과 다름없이 베이지색 바바리코트를 입고, 금방이라도 우리를 향해 손 흔들어 주실 것만 같다. 사진 속에 입고 있는 옷은 이십 년 전에도 입으셨던 한결같은 옷이다. 마지막 인사 올리고 나니 '너희들 왔구나' 하는 모습으로 바라보신다.

1995년 안양여성회관 창작반 교실에서 첫 수업 가던 날, 시간 늦을까 봐 계단을 숨이 차도록 뛰어 올라갔다. 햇빛 가득한 복도 창가에서 베이지색 바바리코트를 입고 무심히 밖을 내다보던 중년 신사를 만났다.

내가 늦은 것이 그분 탓인 양, 창작반이 어디에 있느냐고 다짜고짜 물었다. 느닷없는 내 질문에 말없이 손으로 가르쳐 준 곳으로 들어갔다. 한참 후, 선생님이 들어오시는데 바로 그분이었다. 희끗희끗한 단발머리를 귀 뒤로 살짝 걸치고 무표정한 얼굴에는 문학의 향기가 물씬 풍겼다. 그렇게 김대규 시인과의 인연이 시작되었다.

시인이 되겠다는 꿈을 품고 열정적으로 수업에 참여했다. 그러나 어느 정도 나를 파악하신 선생님이 어느 날, "산옥이는 글로 보나 인간성으로 보나 시보다는 수필을 쓰는 게 더 낫겠다"라고 하셨다. 그 이후로 망설임 없이 수필만 썼다. 선생님 말씀대로 나는 수필을 쓰는 사람이 되었다.

1997년 문학창작반 1기에서 5기까지 함께 공부한 문우들이 「文香」이라는 동인을 결성하였다. 이태쯤 지나서였을까, 우리는 스승의 날이라고 선생님께 빨간색 바탕에 흰색 체크 무늬가 새겨진 남방셔츠와 벽돌색 바탕에 흰색 사선이 들어간 넥타이를 선물로 드렸다. 강산이 두 번이나 변하는 동안에도 선생님은 변함없이 그 넥타이를 하고 그 남방셔츠와 베이지색 바바리코트를 입으셨다. 그 외 다른 옷을 입은 모습을 한 번도 뵌 적이 없다. 내 기억에는 그렇다.

선생님은 병실에서 입고 있는 옷 그대로 주머니만 털어내고 입혀서 보내 달라고 유언을 남기셨단다. 입고 있던 옷이 빨간색 체크 무늬 남방셔츠였다고, 선생님 곁을 지킨 분이 전해주었다.

우리는 상주가 마련해준 밥상 앞에 마주 앉았다. 돌아보니 다들 우느라고 밥을 먹지 못하고 있다. 그런 와중에도 나는 육개장 한 그릇을 다 비우고, 밥 한 그릇을 거뜬히 먹어치웠다. 꼭 그래야만 되는 것처럼 옆에 놓인 떡과 과일도 우걱우걱 먹었다. 몇 날 며칠 굶은 사람처럼 달고 맛있게 먹었다. 선생님이 주신 마지막 밥상인 까닭이다.

동인들은 여전히 눈물바다다. 육개장이 아니라 눈물국이 되었다. 아직 이별 준비도 못 했는데 느닷없는 이별 통고를 받고 황망히 앉아들 울고 있다. 누군가 톡 건들기만 해도 대성통곡이 터질 것 같아 서로 눈 마주치지 않으려 애쓴다. 선생님 생전에 「문향」에 대한 애틋한 사랑이, 마중물처럼 눈물을 끌어 올린다.

선생님께서 문향 동인에게 주신 사랑은 남다르다. 「文香」은 선생님에겐 막내 제자이니만큼 어여삐 여기시고 늘 방목해서 수업하셨다. 선생님 앞에서 실컷 떠들고 마음껏 토로할 수 있도록 내버려 두셨다. 그런 모습을 빙그레 지켜보다가 우리 수다가 어느 정도 시들해질 즈음, "자, 이제 내가 마무리를 하마" 하시고는 문학에 대한 광범위한 수업을 시작하셨다.

이번에는 어떤 책을 읽었는데 이 대목이 마음에 와닿더라 하시면서 사전에 읽고 오신 책 소개와 중요한 부분 부분을 일일이 우리 마음속에 저장시켜 주셨다. 수업에 오시기 전에 선생님은 많은 책을 읽고 오셨다. 그 지식을 우리에게 소화불량이 일지 않도록 꼭꼭 씹어서 먹여주셨다. 선생님으로 인해 하이네(Heine, Heinrich, 독일)를 알았고, 헤세(Hermann Hesse, 독일)를 알았으며, 릴케(Reiner Maria Rilke, 독일), 예이츠(Yeats, William Butler, 아일랜드), 괴테(Goethe, John Wolfangvon, 독일) … 김소월을 알았다.

선생님은 입버릇처럼 '좋은 책은 거듭 살기를 잘 해주는 것이다', '다 읽지 못한 책은 못다 한 삶이다. 살다가 그만둔 것 같다. 다시 읽는 것은 다시 산다는 것이다', '스스로 깨우치지 못한 것은 사람에게서 배우고, 사람에게서 배우지 못한 것은 책에서 배운다'고 말씀하셨다. 한마디 한마디가 모두 시詩고, 철학이고, 피가 되고 살이 되었다. 안개 속에 옷 젖듯 한 달에 한 번 수업이지만, 20년이 넘도록 문학에 대한 많은 가르침을 받았다.

선생님 영결식은 안양 아트센터 앞 광장에서 '안양예술인장'으로 치러졌다. 이른 아침 시장님을 비롯하여 문인들과 시민들, 기관단체, 선생님 제자들이 이별 준비를 하고 있다. 선생님 마지막 가는 모습을 보기 위해 멀리 지방에 사는 제자들도 올라왔다. 선생님은 그렇게 많은 분의 배웅받으며 화장터로 떠나셨다.

선생님이 한 줌의 재가 되어 선산으로 돌아오는 길목에서 문인들은 서성인다. 아직은 옷깃을 파고드는 바람결을 맞으며, 평소에 "나는 흙에서 태어났고, 흙에서 살았으며, 흙으로 돌아갈 것"이라고 하셨던 선생님의 마지막 모습을 지켜드리기 위해서 기다린다.

오늘따라 봄빛이 따사롭다. 바람결도 보드랍다. 그러고 보니 하늘도 파랗다. 선생님 선산에는 요소마다 할미꽃이 피어있다. 이제 막 봄꽃이 기지개를 켜는 그곳은 시인을 맞을 준비하고 있다.

  선생님 유언은 '화장하여 온 산에다 흙이 되게 훌훌 뿌려달라'고 하셨지만, 가족의 애틋한 마음은 그럴 수가 없다. 일부는 부모님 봉분 주위에다 뿌리고, 나머지는 아버지 묘 바로 아래에다 묻어드렸다. 선생님 뜻대로 흙으로 돌아가셨다. 평생 흙을 사랑하고 청렴한 시인으로 고향을 지키다 먼 길 돌아가셨다. 선생님은 외롭지 않을 것이다. 만물이 소생하는 봄날에 흙으로 돌아가셨으니 새 생명으로 다시 태어날 것이다. 꽃이든 나비든, 바람이든….

  어디선가 비둘기가 꺽꺽 운다. 마지막 가시는 길, 아지랑이가 피고, 제비꽃이 피고, 할미꽃이 피었다. 선생님이 그토록 애착을 가지시던 김소월의 진달래꽃도 피었다. '저만치'에. 흙의 시인, 위대한 시인, 김대규 시인은 그렇게 봄빛 속으로 떠나셨다.

  선생님 가신 빈자리는 여름이 춥다.

몽돌

꽃비가 내린다.

벚꽃이 동시다발로 피어나 안양 일대를 꽃천지로 불 밝힌다. 이렇듯 고운 밤, 김대규 선생님 가신 빈자리에 가슴 시린 지인들과 슬픈 봄밤을 보낸다.

김대규 선생님은 내가 문학에 첫발을 내디뎠을 때, 걸음마를 배울 수 있도록 손잡아주신 소중한 스승님이다. 말씀 한마디 한마디가 진리고, 사랑이고, 철학이고, 문학이었다. 20여 년 동안 안개 속에 옷 젖듯이 깊고 고요한 가르침에 문학의 키를 키웠다. 고마운 마음 전하지도 못했는데 가르침 주신 만큼 자라지도 못했는데 어느 날 훌쩍 봄빛 속으로 먼 길 떠나셨다.

　며칠 전 밥이나 한 끼 하자고 문창 강 선생님과 이숙희 시인에게 기별을 넣었다. 김 선생님 돌아가시고 지금쯤 많이 힘들어하고 있을 것 같아서다. 가슴 아픈 제자가 어찌 이숙희 시인뿐이겠냐만은, 누구보다도 문창 강 선생님과 그녀의 아픔은 더할 것이다. 오래전에 김대규 시인을 알아 온 이분들은 추억도 두 배요, 아픔도 두 배일 것이다. 뭐라 위로의 할 말은 없다. 그냥 막걸리라도 한잔 따르면서 힘내라고 등 어루만져 주고 싶다.

　생전에 김대규 선생님은 "이숙희는 애제자 중에 한 사람"이라고 하셨다. 그런 사랑 받을 만한 시인이다. 시詩든 인간성이든 김 선생님을 쏙 빼닮은 시인임에는 틀림이 없다. 수척해진 그녀를 대하니 마음 한구석이 짠해 온다. 표현할 수 없는 서글픔이 몰려온다. 워낙 말이 없는 사람이라 속으로만 삭일 터, 그런 그녀를 그냥 말없이 등 어루만져 주었다. 그리고 … 아무 말도 하지 못했다.

　문득 이 시인의 시 한 편이 떠오른다.

　'자꾸자꾸 살아갑니다 // 꽃 피고 지듯'

살아가는 것이다. 아팠다 잊었다 슬펐다 … 풍화에 작아진 몽돌처럼 그렇게 저렇게 살아가는 것이다. 밖에는 봄바람에 꽃잎이 허공에서 길을 잃는다.

김대규 선생님 돌아가시고 무기력증이 와서 만사가 시들해졌다는 수석시인壽石詩人 강 선생님은 오늘도 돌을 가지고 와서 세월의 무게를 덜듯 나누어주신다. 강 선생님은 엄지손가락만 한 몽돌을 내게 주시면서, 주머니 속에 부적처럼 넣고 다니면 그 돌의 수명만큼이나 큰 힘이 되어줄 것이라고 한다. 작은 돌일수록 나이가 많은 법, 오랜 세월 부대끼고 쓰대껴서 작아진 몽돌은 작을수록 나이가 더 많단다.

이 작은 돌 나이가 어쩌면 부처님 나이와 동갑일 수도 있고, 예수님 나이와 동갑일 수도 있으며, 그보다 더, 더 나이를 먹었을 수도 있단다. 그만큼 작아지려면 얼마나 오랜 세월 모진 풍파를 맞아야 하는지….

김 선생님 생전에 그토록 애틋했던 두 분 사이를 알고도 남기에 그 허망한 마음을 막걸리 한 사발로 달래드린다. 긴 세월 비바람에 쓰대껴 작아진 몽돌처럼, 김대규 선생님을 잊으려면 우린 몽돌이 되어야 한다. 아픔으로 작아진 세월만큼이나 그렇게 침묵하며 견뎌야 한다.

꽃샘추위 제법 맵다.

문향文香

『문향』 17집 동인지가 나왔다.

17집이라고는 하지만 실질적인 만남은 20년이 넘었다. 문향 동인은 안양여성회관 창작반에서 만난 글벗들이다. 시인 김대규 선생님 가르침으로 1기에서 5기까지 수강을 한 동인들이 1995년 결성되어 지금껏 함께하고 있다. 선생님께서는 막내 제자 문학 동인에 속한다. 이제는 동인이라기보다는 피붙이 같은 관계다. 3, 40대에 만나서 지금은 중년이 되었지만 늘 한결같은 마음으로 돈독한 관계를 이어가고 있다.

「文香」이라는 제호는 김대규 선생님이 지어주셨다.

제호처럼, 글 향기라는 이름을 가지고 첫 동인지는 『지도에도 없는 섬을 찾아서』, 제2집 『저기 섬이 보인다』, 제3집 『여기 닻을 내리다』, 제4집부터는 『文香』이라는 제호로 쭉 이어온다.

한결같다는 것은 쉬운 일이 아니다.

그 쉬운 일이 아닌 것을 우리 문향 식구들은 잘 해오고 있다. 언제 만나도 어제 만난 듯 반갑고 기쁘다. 슬픈 일이든 좋은 일이든 내 일처럼 함께해 준다. 그냥 건성이 아니라 온 마음으로 함께해 준다. 그 눈빛이 말해주고 따뜻한 포옹이 말해 준다.

우리 문향 동인은 순수한 문학인이다.

오랜 세월 문학을 공부했지만, '등단'이라든가 '문학수상'이라든가 이런 것에는 뜻을 두지 않는다. 연연하지 않는다는 말이 더 맞다. 오직 문학이 좋아 문학을 사랑하는 사람과의 모임이니만큼 서로 견제하여 시기하는 일도 없고, 좋은 글을 썼으면 아낌없이 손뼉 쳐 주고, 조금 부족하면 합평하여 응원한다.

나처럼 무례하게 외도를 하여 등단도 하고 문학상도 받았지만, 그런 내 부끄러운 처세까지도 아낌없이 인정해 주고 축하해 준다. 등단을 안 하고 문학상을 안 받았다고 해서 작품을 못 쓰는 것은 아니다. 문향 동인들 작품은 어디에 내놓아도 으뜸이다. 김대규 선생님 제자다운 실력이다. 그렇게 이어오면서 매년 동인지를 발간한다. 때로는 한 해 건너뛸 때도 있지만 끈끈한 문우의 정은 한결같다. 이것은 순전히 김대규 선생님 영향이 크다.

오늘은 출판기념을 하기 위해 멀리 대구로 이사 간 문우도 올라오고, 서울에서도, 분당에서도, 경기도 광주에서도, 천안에서도 올라왔다. 모처럼 온 가족이 다 모였다. 다 모였다고는 하지만 12명이 전부다. 변함없는 인원이다.

선생님을 모시고 앉은 자리에는 늘 웃음꽃이 핀다. 선생님은 뒷전이고 우리끼리 참새처럼 재잘재잘 시끄럽다. 못 만나는 동안 근황의 반가움이다. 우리가 실컷 떠들고 수선을 피우는 동안 선생님은 뒷전에서 묵묵히 침묵하신다. 선생님 앞에서 실컷 떠들며 뛰어놀게 그냥 풀어놓는다. 선생님은 그렇듯 늘 우리를 방목하여 수업하신다.

우린 매달 한 번 선생님 모시고 수업한다.

사정이 있는 날에는 날짜를 바꾸기도 한다. 되도록 동인이 다 모일 수 있는 날짜를 택해 모임을 이어온다. 수업 장소는 날이 선 기관도 아니고, 문화센터도 아니다. 우리가 만나서 마주 앉아 이야기할 장소면 그저 족하다. 그런 이유로 조용한 카페에서 늘 수업을 받는다. 선생님과 무릎이 닿을 만큼의 거리에서 우리는 글공부한다. 선생님은 언제나 관대하게 대해 주신다.

어느 날, 선생님께는 연락도 안 드리고 카페에서 수다를 떨었다. 한참 그렇게 시간을 보내다 문득 선생님 생각이 났다.

"어머나, 선생님께 연락드렸어야 했는데 깜박했네요."

서로가 놀라서 우왕좌왕할 때, 카페 문을 열고 선생님이 들어오신다. 베이지색 바바리코트에 언젠가 우리 동인이 사드린 빨간색에 흰색 체크 무늬가 있는 남방셔츠를 입으셨다. 오랜 세월 변함없는 모습이다.

"선생님, 깜빡하고 연락도 못 드렸어요. 죄송합니다."

"연락 못 할 수도 있지. 이렇게 내가 알고 왔음 됐지."

"어떻게 여긴 줄 알고 오셨어요?"

"왔다가 없으면 되돌아가면 되지. 그냥 와 봤다."

안양 아트센터 맞은편 커피스토리에서 우리는 종종 수업을 받곤 한다. 햇빛이 가득 쏟아지는 창가에서 우리는

선생님과 마주 앉아 한도 끝도 없이 이야기를 풀어헤친다. 선생님은 우리를 마냥 방목한 후에야

"자 이제는 내가 마무리를 하마, 오늘은 너희들이 꼭 읽어야 할 책 몇 권을 소개하마."

그랬다. 선생님은 늘 먼저 좋은 책을 읽고 오셔서 중요한 부분을 말씀하신다. 선생님으로 인해 우린 독서의 폭이 넓어지고, 무한한 지식을 얻게 된다.

선생님은 김소월 시인을 좋아하신다. 가슴에 사무치도록 김소월의 시 세계를 전하려고 애쓰신다. 김소월보다 더 김소월 같은 선생님의 가르침으로 우리 동인은 시 문학세계의 폭을 넓혀간다. 그 세계는 무궁무진하다.

선생님은 사적인 말씀이 없으시다. 문학으로 시작하고 문학으로 끝을 내는 수업시간은 늘 우리에게 피가 되고 살이 되는 글공부로 살을 찌우신다. 말씀 한마디 한마디가 모두 시詩고 철학이고 사랑이다. 늘 관용과 포용으로 다독여 주시는 선생님의 사랑은 우리 모임이 변함없이 이어오게 되는 튼튼한 동아줄이다.

선생님과 문향 동인은 언제나 든든한 친정집 식구다.

마중물

예전에는 한 집안에 맏이가 마중물 역할을 했다.

맏이라는 이유로 부모 모시고 차례 지내고 제사 모시며 동기간 친목을 도모하였다. 맏이의 희생이 가족과 동기간의 우애를 끌어올리는 마중물이 되었다.

부모를 모시는 맏이에게는 재산을 상속해 주며 맏이에 대해 특별한 대우를 했다. 지금은 맏이라는 개념이 없어졌다. 재산 상속도 아들딸 구별 없이 공평하게 나누어 주고 부모봉양도 함께하게 되었다. 수도꼭지만 틀면 물이 철철 쏟아져 나오니 마중물이 필요 없게 된 것처럼, 그렇게 맏이라는 의미도 희미해져 간다.

설이 지나고 나니 한바탕 회오리바람이 지나간 듯 집안이 썰렁하다. 올 설도 마중물 역할로 분주했던 명절 뒷설거지 끝내고 홀가분한 마음으로 산사山寺로 향한다. 올해 내게로 오는 모든 일 잘 이겨내고, 내 마음 잘 다스릴 수 있는 지혜와 용기를 얻고자 함이다.

염불사에 도착하니 마침 정초기도 회향 일이라 기도가 끝나고 주지 스님이 법문을 시작한다. 새해 주지 스님의 화두는 '마중물'이다. 새해 조상에게 차례 지내는 것은 마중물과도 같은 것이라고 한다.

수도가 생기기 전 펌프질하여 지하수를 끌어 올려 쓰던 시절이 있었다. 물을 끌어 올리려면 한 바가지의 물이 꼭 필요했다. 물 한 바가지를 붓고 빠른 놀림으로 펌프질해야 그 압력으로 지하수를 끌어 올릴 수 있기 때문이다. 한 바가지의 물이 없으면 물을 마중해올 수 없는 것처럼, 새해 간절한 마음 담아 하는 기도는 한해 액운을 막아주고 복을 불러오는 마중물 역할이 된다는 것이다.

법문을 끝낸 스님이 세뱃돈이라고 많은 신도에게 일일이 봉투를 나누어 준다. 이 돈은 복이 들어오는 마중물 같은 종잣돈이니 쓰지 말고 잘 간직하라고 한다. 이 종잣돈을 잘 간직하면 지갑에 돈 마를 날이 없을 거라는 덕담까지 한다. 그 말을 꼭 믿어서가 아니라 마치 부자가 된 듯하다.

새해 '현대수필' 편집위원들이 윤재천 교수님께 세배를 드리러 사무실에 들렀다. 세배를 드리고 나니 교수님이 복돈이라며 세뱃돈을 일일이 나누어주신다. 봉투를 주시면서 이 중에는 특별히 십만 원이 든 봉투가 하나 있는데, 누구한테 가는지 나도 모르니, 십만 원이 든 봉투를 받은 사람은 아무 말도 하지 말고, 그냥 씽끗 웃어 주면 된다고 하신다. 나는 기대에 찬 마음으로 봉투를 열었다.

살아오면서 무엇에 당첨된 기억이 없다. 어쩌다 복권을 사도 꽝이요, 보물찾기에도 꽝이요, 제비뽑기해도 꽁지다. 그런데 봉투를 열어보니 십만 원이 들어있다. 행운이 나에게로 왔다. 십만 원짜리 봉투를 받아도 내색하지 말라는 교수님 당부는 아랑곳없이 기쁨을 감추지 못해 돌아보니 모두 만면에 미소를 머금고 있다.

"뭐야 다들 십만 원 받은 거예요?"

그렇다, 교수님은 편집부 모두에게 십만 원을 넣고 단 한 명에게만 행운이 갈 것이라고 일부러 하얀 거짓말을 하신 것이다. 선생님의 깜짝 이벤트에 정초부터 박장대소했다. 웃음복까지 받았다.

교수님은 해마다 편집위원에게 세뱃돈을 챙겨주신다. 오랜 세월 그렇게 해오셨다. 처음 교수님을 뵐 때 수필 외길 40년이었다. 그 이후 수필 외길 50년이 지나고 이제는 수필 외길 60년이 되어간다. 그렇게 교수님과 함께 공부하는 동안 많은 가르침을 받았다. 윤재천 교수님은 나에게 문학 세계를 향한 마중물과도 같은 분이다.

어느새 얼굴 가득 세월꽃이 피셨다. 그 꽃은 수필에 바친 열정이고 수필을 향한 사랑의 흔적이다. 미수에 접어든 연세지만 수필에 대한 열정은 아직도 초록빛이다. 선생님의 수필 사랑은 영원히 빛바래지 않는 울창한 숲이다.

세뱃돈은 복을 부르는 마중물과도 같다. 그런 이유로 큰 금액이 아니더라도 일일이 세배하는 사람에게 챙겨주는 아름다운 풍습이 전해진다. 오늘 염불사 주지 스님의 세뱃돈을 받고 보니, 교수님께서 주신 세뱃돈이 더욱 고마움으로 다가온다. 교수님이 주신 복돈과 주지 스님이 주신 종잣돈은 다이어리에 고이 간직할 참이다. 금전이 아쉬워 언제 지갑을 떠날지는 모르지만 아주 오래 간직할 생각이다.

돌 이야기

내려놓는다는 것처럼 어려운 일도 없다.

득도한 수도승이 아니고야 어찌 마음의 짐을 홀가분하게 내려놓을 수 있을까. 내가 가지고 있는 소중한 것, 사랑하는 것을 어떻게 쉽게 내려놓을 수 있을까. 그 쉽지 않은 일을 실천하는 분이 있다.

좋은 사람과 만나는 것은 좋은 책 한 권을 읽는 거와도 같고, 평생에 남을 영화 한 편 보는 거와도 같다. 어쩌면 한 편의 명작을 쓴 것 같은 뿌듯함이 있다. 오늘 지인들과 문창 강 선생님을 만났다.

뵙지 못한 동안 몸이 좋지 않아 병원 신세를 졌다는 강 선생님은 아끼던 수석과 책을 한아름 안고 오셨다. 함께한 분들에게 고루 나누어 주고, 나에게도 책과 수석 두 점을 주신다.

강 선생님은 만날 때마다 자신이 아끼던 고서와, 살아오는 동안 귀하게 여기던 물건을 나누어 주신다. 이제는 내려놓는 연습을 하신다고 하면서…. 얼마 전 수필집을 냈을 때도 여러 권의 책과 귀한 도자기 한 점을 선물로 받았다.

강 선생님은 수석의 대가이면서, 한시漢詩를 쓰는 시인이다. 대부분 돌에 대한 시를 쓴다. 오랜 세월 수석을 수집하였기에 수석에 대한 지식도 지대하지만, 고전과 한학을 공부한 학문이 높은 분이다.

돌도 저를 알아주는 사람 눈에만 띈다는 말이 있다. 돌을 진정으로 사랑하는 마음으로 보아야 좋은 돌을 만날 수 있듯, 누구에게나 귀한 돌멩이가 보이지 않는다는 뜻이다. 선생님은 수석을 모인 사람들 앞에 내려놓으며, 받을 사람의 성향에 맞게 골라 주신다.

"이 돌은 산옥 씨 손자가 그려놓은 할머니 뒷모습 같은데 어때요, 닮지 않았어요?"

선생님이 주신 돌은 진회색 배경 속에 할머니가 초연히

앉아 있는 뒷모습이다. 세상을 달관한 듯, 지친 삶의 귀로에 잠시 앉아 쉬고 있는 것도 같고, 멀리 있는 자식을 하염없이 기다리고 앉아 있는 것 같기도 하다. 같은 짝이라고 하는 또 하나의 돌에는 여자의 자궁을 연상시키는 태아의 그림이 새겨져 있다. 생명이 잉태된 어머니의 자궁 속 그림이다. 자연이 새겨놓은 오묘한 그림 앞에 할 말을 잇는다.

그렇게 수석壽石 두 점이 내게로 왔다.

수석에 대해 잘 모르지만 한 쌍의 수석을 보고 있자니 한세상 살아온 한 인간사가 고스란히 그 돌 속에 들어있다. 한 생명체가 잉태되어 세상에 나왔다가, 꿈 많은 젊은 시절 보내고, 자식 낳고 부모 섬기며, 엎어지고 넘어지며 책임이라는 도리를 다해 나름 분주하게 살아간다. 어느 날 돌아보니 지칠 대로 지쳐 있는 내 모습을 본다. 이제는 좀 쉬어가자고 앉아 보지만 아직도 끝나지 않은 일상이 한숨처럼 발목을 잡는다.

그랬다. 썩 폼나게 살지는 않았지만 부지런하게는 살았다. 부유하고 넉넉하지는 않지만, 뭔가는 열심히 일하며 살았다. 더워진 내 자리 남에게 서슴없이 양보도 하고, 남이 하기 싫은 일, 내가 먼저 손 내밀기도 했다. 접시에 담긴 음식 귀퉁이부터 손이 가는 낮은 자리에서 살지만, 나 자신이 부끄럽다는 생각은 일도 해본 적이 없다. 생활고에 시달리면서도 늘 내일을 꿈꾸며 살았다. 돌 속의 노인처럼 유유자적 앉아 멀찌감치 나를 바라볼 수 있는 여유는 너무나 먼 사치였다. 봄바람에 벚꽃 흩날리듯, 그저 분분하게 살았다. 늘 동동거렸고 앞만 보고 내달렸다.

이제는 좀 고요하고 싶다.

돌 읽는 것은 독서와 같아/ 세월이 깊어가는 줄 몰랐네 돌의 성품 곧고 단단하여/ 다투어 선비의 사랑을 받았지.

형태는 만물을 닮았고/ 문양은 그림을 부끄럽게 하네 담담히 나 홀로 즐길 뿐./ 외롭지 않네, 친구가 없어도….

– 강영서, 「돌 노래」

가끔 강 선생님이 주신 돌 앞에 선다.

이제는 들고 서 있는 것보다 내려놓으며 살아야겠다는 강 선생님의 달관된 초연함이 존경스럽다. 돌에 새겨진 노인에게 다가가 못다 한 노래에 귀 기울인다. 지금은 많은 것을 엉거주춤 들고 서 있지만, 언젠가는 강 선생님처럼 모든 것을 내려놓을 수 있는 무심을 가질 것이라고.

나는 언제나 강 선생님처럼 그 경지에 들는지.

바래다주다

문학 행사에 도착하니 문인들이 서로 반가운 얼굴이다.

가을빛 짙은 계절, 가볍게 가방이라도 둘러메고 어디론가 휭하니 떠나고 싶었던 역마살을 이곳에 내려놓는다. 가을바람 맞고 막 들어선 문인들 숲에서 단풍 향기가 난다. 글 향기도 난다.

그동안 병고로 고생하시던 선생님 몇 분도 자리를 함께 하셨다. 한 시대를 풍미風靡하신 문학계의 거장들이다. 결코, 쉽지 않은 시대를 겪어오면서 문학계 발전에 발판이 되고 버팀목이 되어주신 선생님들이다. 세월이 흐를수록 연로해가는 선생님들을 뵐 때마다 가을빛처럼 쓸쓸함이

인다. 견딜 수 없는 안타까움이 인다.

요즘 건강이 좋지 않은 김우종 교수님도 자리를 함께하셨다. 가랑잎처럼 야윈 모습이 실바람에도 흔들릴 것 같아 반가움에 앞서 걱정부터 앞선다. 김우종 교수님을 모시고 오던 분이 부득이한 사정으로 참석이 어렵다며 며칠 전 전화로 혼자 귀가할 교수님 걱정에 안타까워하던 목소리가 귓가에 맴돈다. 어려운 분이라 선뜻 나서기가 조심스러워 냉큼 내가 잘 모셔다드릴 테니 염려 말라는 대답을 하지 못한 까닭이다.

식이 끝나고 식사하는 내내 마음이 부대낀다. 걱정하던 지인의 얼굴이 자꾸만 떠오른다. 용기를 내어 식사를 마친 교수님 곁으로 다가가 댁까지 모셔다드리겠다고 하니, 만면에 봄빛을 띠신다.

만추에 젖어 와인을 한 잔 마신 터라 운전은 어려웠다. 교수님은 본인이 운전할 것이고 옆에만 앉아주면 밤길에 든든할 것이라고 하신다. 직접 운전해서 모셔다드려야 도리인데 그냥 옆자리에 앉아가기가 얼음방석이다.

교수님은 밤 길이라 걱정했는데 바래다줘서 고맙다며, 함께 가줘서 든든하다고 거듭 말씀하신다. 으르렁대는 차

량의 질주, 현란한 헤드라이트의 광란, 질서 없이 눌러대는 클랙슨 소리에 옆에 앉아가면서도 저절로 몸이 움찔거린다. 교수님 몰래 브레이크를 얼마나 밟아 댔는지 무릎이 뻐근하다.

교수님은 내가 돌아갈 지하철 노선을 물으신다. 교수님 댁 근처까지 함께 가겠다고 했다. 그래야만 안심이 될 것 같아서다. 비록 내가 운전은 하지 않지만, 이 전쟁터 같은 밤길을 연세 많으신 교수님 혼자 가시게 할 수는 없었다. 그러나 교수님은 그곳에서는 지하철을 두 번 갈아타야 안양까지 갈 수 있다며, 떠밀다시피 4호선 '숙대입구역'에다 내려주고 가신다.

결국은 내가 교수님을 바래다 드린 게 아니라 교수님이 나를 바래다주고 가신 것이다. 배려를 여비처럼 주머니 속에 넣어주시고 그렇게 아흔의 연세에 밤길 운전을 하시며 돌아가신다.

거칠게 질주하는 차량 숲으로 교수님의 작고 가냘픈 승용차가 휩쓸려 사라지는 모습을 한참 서서 바라본다. 왠지 물가에 세워놓은 어린아이 같아 끝까지 바래다 드리지 못한 죄스러움이 나를 망부석으로 만든다.

전철 속에서 내내 마음이 쓰인다. 잘 들어가셨는지… 전화라도 드릴까, 핸드폰을 몇 번이나 여닫았다. 우거서라도 댁까지 살펴드렸어야 했다는 후회로 불편해 있을 때 교수님께서 먼저 전화를 주셨다. 내 마음을 들여다보고 있는 듯, 잘 가고 있느냐고 밤길에 바래다줘서 고맙다며 무사히 집에 도착했으니 염려 말고 잘 가라고 하신다. 안도의 한숨이 가슴 속 깊숙이에서 올라온다.

흔들리는 전철 속에서 교수님의 깊은 배려를 몇 번이고 폈다 접었다 생각이 깊어진다. 자타가 공인하는 문학평론가로서 저 높은 자리에 계시면서도 검소하고 겸손하시다. 낮은 자리에 있는 사람의 마음자리까지 매만져주시는 교수님의 배려가 오래전에 잊었던 부성애로 다가온다.

잊었던 언어를 오늘 김우종 교수님으로 인해 다시 찾았다. '바래다주다'는 어느 정도까지 함께 가 주다를 의미한다. 잘 아는 길이지만 어디만큼 함께 걸어가며 의지가 되어주는 정이다.

'바래다주다'라는 언어가 오래도록 잊고 있던 엄마 이름처럼 다가온다. 마실 온 이웃이 돌아갈 때면, 마당을 지나

우물가를 돌아 저만치까지 바래다주시던 엄마의 뒷모습이 오늘따라 눈에 선하다. 머리에는 하얀 수건을 쓰고 구부정하게 뒷짐을 지고 서서 이웃의 뒷모습이 보이지 않을 때까지 바라보시던 엄마의 모습이.

교수님이 바래다주신 늦은 밤 돌아오는 길은 따뜻했다. 햇빛도, 달빛도 없는 길, 늦가을 찬바람이 옷깃을 여미게 하는 그 길이 하나도 춥지 않았다.

겨울 나그네

음악은 무엇으로도 표현할 수 없는 강렬한 울림이 있다. 오늘도 고요히 클래식을 듣는다. 요즘 부쩍 클래식을 더 좋아하게 된 것은 순전히 작곡가 이영자 선생님 덕분이다.

선생님은 2020년 미국 줄리아드에서 20세기 여성 작곡가 32명 중 10명 안에 추천되셨다. 열 명 중, 생존해 계시는 분은 이영자 선생님 외 단 두 분이라고 한다. 선생님은 구순을 바라보는 연세에도 음악에 대한 열정은 타오르는 불꽃이다. 어디서 그렇듯 에너지가 솟아나는지 불가사의하다. 지금까지 살아오면서 여자라면 겪어야 하는 갱년기도 언제 지나갔는지 모르고, 오십견이라는 통과의례적인 아픔도 겪지 않았다고 하신다. 그만큼 음악에 열중했고 삶에 최선을 다하신 분이다.

자신이 좋아하는 일에 온 힘을 다하는 사람은 세월도 비껴가나 보다. 지금도 일 년이면 몇 번씩 음악회 공연을 여신다. 작곡할 때마다 이것이 내 생애 마지막 작품이라고 생각하며 그 작품에 온 힘을 다 쏟아부으신다. 선생님에게는 거듭되는 계절이 무색하다. 날마다 새봄이다.

찬바람 이는 겨울이 오면 선생님이 추천해주신 슈베르트 〈겨울 나그네〉를 즐겨 듣는다. 꼭 겨울이 아니더라도 마음이 가만가만 허한 날에는 이 곡을 듣는다. 그 선율에 가만히 귀 기울이고 있으면 내 감성에 움이 튼다. 고독과 순도 높은 외로움에 젖는다. 나에게 이 노래는 이루지 못한 첫사랑을 떠올리게 하는 슬픈 사랑의 노래이기도 한 까닭이다. 〈겨울 나그네〉는 여러 개 독립된 악곡을 전체적인 내용에 따라 차례대로 이룬 24곡의 장대한 연가곡이다.

2017년 눈발이 성성하게 날리던 날이다.
선생님과 통화를 하다가 〈겨울 나그네〉에 대해서 이야

기를 했다. 그 노래가 좋아 늘 듣고 있다고 했더니, 대뜸 "그럼 내가 직접 그 노래를 듣게 해주지" 하신다. 선생님은 12월 마지막 날, 슈베르트 〈겨울 나그네〉 공연에 초대해 주셨다. 신수정 피아니스트가 연주하고 박흥우 바리톤이 노래하는 〈겨울 나그네〉는 내 육십갑자六十甲子해 마지막 날을 의미 깊은 무대로 장식해주었다. 나에겐 영원히 잊지 못할 추억의 한 장으로 남는다.

슈베르트 연가곡 〈겨울 나그네〉는 그의 삶이 거의 마지막에 이르러 완성한 작품이다. 1828년 슈베르트는 〈겨울 나그네〉를 완성하고 서른한 살 아까운 나이로 세상을 떠났다. 제1곡 〈밤 인사〉로 시작해서 마지막 제24곡 〈거리의 악사〉로 끝을 맺는 장대한 이 노래를 내 어설픈 글재주로 감히 다 표현할 수는 없다. 24곡이 하나 같이 고독하고 절절한 그리움과 아픔으로 녹아든 사랑 노래임엔 분명하다. 말로는 다 형언할 수는 없지만, 어딘가 모르게 마음을 툭툭 건드리는 울음 같은 울림이 있다. 특히 마지막 곡 〈거리의 악사〉는 무엇인가 알 수 없는 설움 같은 것을 불러오기도 한다.

긴 노래를 연이어 한 소절도 흔들림 없이 완창한 바리톤

박흥우 성악가와 신수정 피아니스트의 손놀림은 노랫말 주인공이 되어 아름다운 겨울 벌판을 수놓는다. 그 벌판을 나도 함께 걸었다. 뽀드득뽀드득 발자국이 찍히도록…. 오랜 세월 저편 언저리에 걸려 있는 한숨 같은 노래가 숨어 있기 때문이다. 수많은 세월 풍화에 부대껴 작아진 몽돌처럼, 지금은 가뭇없이 세월에 밀려 아련한 흔적만 남은 내 첫사랑 얼굴이 떠오른 까닭이다. 연가곡을 듣는 동안, 첫사랑이 살던 고향 집 어귀에 서성였다. 한창 피 끓는 순정한 머슴애를 울려놓고 한마디 인사도 없이 철새처럼 떠나온 계집애는 어느새 이순을 넘겼다. 가뭇없이 세월만 흘렀다.

공연 1시간 30분 동안 내내 미동도 없이 빠져들었다. 노랫말을 한글 영상으로 짚어주니 더 없는 울림으로 다가온다. 한 소절 한 소절 들을 때마다 애틋한 사랑의 아픔이 스며든다. 선생님도 옆자리에 앉아 눈을 감고 긴 시간을 함께해 주셨다. 이제는 지칠 나이가 되셨는데도 음악에 대한 사랑은 여전하시다. 그 모습은 영원히 내 마음속 비망록에 간직될 것이다.

선생님 덕분에 환갑잔치를 이곳에서 거하게 치른 느낌이

다. 나를 위해 그 긴 시간 노래를 불러 주고, 오랜 시간 피아노를 쳐주고, 청중들 손뼉 소리도 나를 위해 쳐주는 것만 같다. 음악회가 끝나고 다과회를 열어주는 것도, 내 환갑연을 베풀어주는 것만 같아 그저 감사하고 기쁘다. 이렇듯 착각은 가끔 행복을 만들어주기도 한다.

선생님이 아니면 감히 어디서 이런 귀한 음악을 들을 수 있으며, 이런 호사를 누릴 것인가. 묵묵히 옆자리에 앉아 엄마처럼 곁을 지켜주신 선생님이 한없이 고맙고 든든하다. 너무나 과분한 사랑이다.

요즘은 J 선생님이 추천해주신 이언 보스트리Ian Bostridge 지음 〈슈베르트의 겨울 나그네〉를 읽고 있다. 518p나 되는 두꺼운 이 책은 내가 알고 싶은 〈겨울 나그네〉에 대한 모든 것이 수록되어 있다. 제1곡에서부터 제24곡까지 상세히 밝혀준다. 노래에서 못다 이해하는 것은 이 책을 읽으며 알아가는 중이다. 이 책을 다 읽고 나면 '빌헬름 뮐러'의 시에 곡을 붙인 또 다른 슈베르트 연가곡 〈아름다운 물방앗간의 아가씨〉에 귀를 적실 것이다.

클레식 세계에 눈이 어두운 나에게는 〈겨울 나그네〉와

〈아름다운 물방앗간 아가씨〉는 맹견만큼이나 고마운 길잡이다. 그렇다고 이 노래가 나 같은 사람의 귀를 열어주는, 음악에 대한 문턱을 낮추는 뜻으로 하는 말은 절대로 아니다. 무한하게 위대하고 내 삶이 끝나는 날까지 함께 걸어갈 클레식의 대 스승이다.

괜찮다, 괜찮다

거실에 우두커니 앉아 있으려니, 창가 절구 위에 올려
놓은 보랏빛 호접난과 눈이 마주친다. 지난 추석 때, 김일
옥 선생님이 보내주신 꽃분이다. 그 자리에서 무심히 여름
을 보내고 가을도 보내고 겨울이 되었는데도 여전히 꽃등
을 켠다. 군데군데 꽃 진 자리가 있긴 해도 진보라에서 연
보랏빛으로 바랬을 뿐, 우리 집 거실을 여전히 불 밝힌다.
그 꽃분을 바라보고 있으려니 마주 앉은 듯 김 선생님이
떠오른다.

김 선생님과의 인연은 어느새 20년이 다 되어 간다. 처
음 서초수필교실에서 만났을 때, 김 선생님은 단아하게 모

자를 쓰고 계셨다. 엘리자베스 여왕을 닮은 모습만큼이나 지적이고 품위가 있으셨다. 종강 때는 잊지 않고 꽃다발을 안고 와서 교수님께 감사의 뜻을 표하곤 하셨는데, 그 모습이 남다르게 다가왔다.

나는 강의실에서 김 선생님과 내내 단짝이 되었다. 24년이라는 나이 차이는 있지만, 서로 눈높이 하며 마음을 전하는 영혼의 반려자였다. 우리는 여고생처럼 교수님 몰래 쪽지를 주고받으며 수업시간을 보내곤 했다. 김 선생님은 나보다 더 오래 살아온 경험과 지혜로 내게 살이 되고 피가 되는 조언을 아끼지 않으셨다. 꼭 실천해야 할 것은 손수 종이에 적어 일러주셨다. 교수님께 듣는 수필공부보다, 김 선생님께 배우는 인생 공부가 더 많은 비중을 차지했다.

글을 쓰려면 여행을 많이 하고 지금까지 겪어보지 못한 것을 경험해야 한다고 하셨다. 무엇보다 기동력이 있어야 한다며, 장롱 면허증 소지자인 나에게 용기를 주셨다. 선생님 덕분에 이제는 베스트 드라이버가 되었다. 될 수 있으면 골프도 배우라고 하셨다. 정 어려우면 이론이라도 배워야 한다고 하셨지만, 끝내 골프는 배우지 못했다. 되도록 많은 것들과 부딪쳐야 글 쓰는 데 도움이 된다면서, 가정이라는 울타리 안에서도 자유로울 수 있는 지혜와 새로운 도전을 꿈꿀 수 있게 용기를 주셨다.

어느 날은 내 모습이 오만 원권 지폐의 신사임당을 닮았다면서, 여자로서 지켜야 할 덕목도 잊지 않고 일러주셨다. 늘 가사로 동동거리는 나에게 '여자는 가족을 위해 밀알이 되어야 한다'고 위로와 함께 간간이 선물도 챙겨주면서 힘을 보태주셨다. 매주 만날 때마다 일찍 돌아가신 친정엄마를 대신해서 엉성한 내 삶에 촘촘히 살을 붙여주셨다.

처음으로 유럽 여행을 가던 날, 누구보다도 김 선생님이 기뻐하셨다. 여행비에 보태라고 두둑하게 봉투도 챙겨주셨다. 박봉에 대가족 생활로 여윳돈 없이 사는 내 주머니 사정을 헤아려주신 까닭이다. 그때 선생님의 배려는 오래도록 간직해야 할, 잊어서는 안 될 기억의 이유이기도 하다.

그러던 어느 날, 바깥 선생님이 병고로 돌아가시고, 더 이상 수필교실에 나오지 않으셨다. 선생님의 체취가 배어 있던 휑한 자리가 너무도 컸다. 한동안 문득 강의실 문을 열고 들어오실 것만 같아 문 쪽으로 귀 기울였다. 허전함과 쓸쓸함, 기다리는 마음은 아직도 진행 중이다.

김 선생님은 수필교실에 못 오시면서부터 명절 때마다 꽃분을 집으로 보내주셨다. 번다한 명절 준비로 힘들어할 내게 피로해소제 같은 위로의 선물임을 알고 있다. 꽃분을 받고 나면 모든 일이 그저 괜찮다, 괜찮다 힘이 나곤 했다.

선생님과의 인연으로 우리 집은 사계절 꽃이 핀다. 지난 설에 보내온 황금빛 호접난이 이파리만 남았는데, 보랏빛 호접난이 그 옆에서 내내 심지를 돋운다. 아무리 타올라도 그을음이 생기지 않는 우아한 불꽃이다. 올 한해도 선생님 덕분에 힘듦을 덜어내고 감사와 기쁨으로 보낸다.

선생님을 뵙지 못한 지 10년이 되어가지만, 요즘도 우리는 메일로, 문자로, 꽃분으로… 여전히 거리에 여백 없이 지낸다. '물리적 거리는 멀지만, 심리적 거리는 무엇보다 가깝다'라는 말이 있다. 선생님을 생각하면 그렇다.

가을이 마지막 장을 넘길 무렵, 김 선생님이 사진 두 장을 핸드폰으로 보내오셨다. 코스모스가 한창 피어있는 한강 천변에서 찍은 사진이다. 뜻밖에도 선생님은 휠체어를 타고 계셨다. 애써 미소 짓고 계신 모습을 보니 반가움에 앞서 설명할 수 없는 슬픔이 밀려온다. 코스모스 옆에 서서 찍은 또 한 장의 사진은 더 마음 아프게 한다. 어쩌면 나에게 '괜찮다, 괜찮다' 보여주기 위해 겨우 버티고 계신 것만 같았기 때문이다. 실바람이라도 불면 그대로 푹 쓰러질 것 같은 모습은 휠체어를 타고 계신 사진보다 더 마음 아프게 했다. 기어코 눈물비 내린다.

한번 뵙자고 하면 '몸이 좀 불편해서…'라는 여운만 남기고 응하지 않으셨다. 이래서 수필교실에 못 나오셨구나 생각하니 안타까운 마음만 더한다. 선생님과 함께한 세월은 결코 짧은 기간이 아니다. 그 세월을 우리는 사랑과 믿음으로 징검다리를 놓으며 지내고 있다.

어느새 한 해 끝자락에 있다.

올해는 코로나19로 인해 만남이 죄가 되는 해였다. 새봄에는 기필코 김 선생님을 찾아뵙고 싶다. 만나면 괜찮다고, 괜찮다고 두 손 꼭 잡아드리며, 참 많이 보고 싶었다고 꼭 안아드리고 싶다. 꼭….

아주 특별한 선물

마음이 어수선하다.

비라도 흠뻑 내리면 위안이 될 것 같은 마음 달래며, 교수님 미수집 원고 교정을 본다. 많은 문인이 윤재천 교수님께 올리는 축하 글이 문전성시를 이룬다. 교수님께서는 생애 단 한 번, 이 축하 글들이 아주 특별한 선물이 될 것이다.

올해 미수를 맞는 윤 교수님 연보年譜를 살펴보니 깨알같이 많은 업적을 남기셨다. 끝없는 길처럼 이어진다. 88세를 사시는 동안 여한이 없을 만큼 연보가 화려하다. 수필 60년 외길이 만들어낸 수필 문학계 거목이시다.

생각을 흔들어 깨우듯 초인종이 울린다.

정수기를 점검하러 왔다. 지난번에는 남자분이 오더니 오늘은 여자분이다. 명찰에 소속된 회사 이름을 훈장처럼 달고 세심히 정수기를 점검한다. 자신에게 주어진 일에 충실한 그녀의 모습에 마음이 한발 다가선다.

"시간 되면 차 한잔 하실래요?"

주면 고맙다고 흔쾌히 허락한다.

식탁 위에서 보던 교정지를 덮어놓고 마주 앉아 차를 마신다. 차 한 잔의 나눔에 우리는 어제 본 사이처럼 가까워진다. 갸름한 얼굴형에 아담한 체형인 그녀는 좋은 인상이다. 고객의 말끝마다 긍정의 추임새를 넣으며 밝은 웃음으로 대화의 끈을 이어간다. 주책없이 속내를 드러내도 말없이 곁을 내어줄 것만 같다.

그녀의 가슴에 갸우뚱 매달린 명찰에 눈길이 간다. 생기 넘치게 현역에서 뛰고 있는 그녀가 여간 부러운 게 아니다. 그런 내 속도 모르고 그녀는 집에서 일없이 놀고 있는 내가 부럽다고 한다. 우리는 마주 앉아 서로의 부러움에 칭찬하며 특별한 주제도 없이 한참 동안 수다를 떨었다. 미뤄놓은 교정지에 자꾸만 눈길이 가는 내가 마음이 쓰였는지, 바쁜데 차 대접까지 해줘서 고맙고 미안하다며 자리를 털고 일어선다.

책을 좋아한다는 그녀에게 조심스럽게 수필집 한 권을 챙겨주었다. 그녀는 책을 가슴에 안고 한참 생각하더니 말문을 연다. 귀한 선물을 받았는데 당장 무엇을 줄 것은 없고, 대신 기도해 드리면 어떻겠냐고 묻는다.

살아오면서 이런 제안은 처음이다. 누군가가 내 앞에서 나를 위해 기도해준 적은 없다. 뜻밖의 질문에 말까지 더듬으며, 그렇게 해주면 더없이 고맙다고 했다. 왠지 거절해서는 안 될 것만 같다.

그녀는 성모마리아처럼 식탁에 앉아 두 손을 모으고 고개 숙여 하나님께 기도드린다. 그 모습이 너무도 진지하여 나도 두 손을 모으고 엉거주춤 마주 앉았다. 어쩌면 그렇게도 내가 바라고 원하는 기도만 하는지 온몸에 전율이 인다. 내 마음을 들여다보듯, 차마 입 밖에 내지 못했던 소원까지 조목조목 짚어가며 기도를 해준다.

그녀의 기도는 지금까지 받아보지 못했던 특별한 선물이다. 형체가 없어 만질 수도 없는, 보여줄 수도 없어 누가 가져갈 수도 없고, 자랑해도 시새움 받을 일도 없는 귀중한 선물이다. 오직 가슴 속에 빛으로 남는 소중한 선물이다.

기도를 끝낸 그녀는 나를 꼭 안아준다. 나도 그녀를 꼭 안아주었다. 우린 서로에게 응원하며 고마움을 전하고 그렇게 헤어졌다.

날마다 집집이 다니며 점검하고, 맑은 행복을 전하는 그녀의 업적은 참으로 경이롭다. 어디에 기록이 되지 않아도, 어디에 내세우지 않아도, 누가 알아주지 않아도 내 가족을 위해 행복을 다지는 빛나게 아름다운 그녀의 연보年譜가 새삼 존경스럽다.

할 일을 못다 한 것 같이 어수선하던 마음이 싹 가시는 느낌이다. 밖에는 어느결에 초록초록 봄비가 대지를 적신다. 어쩌면 그녀가 나를 위해 기도해준 대로 다 이룰 것만 같다.

마음을 담은 그녀의 기도는 오늘 하루 내 일상의 고단함을 어루만진다. 내일도 모레도 글피도… 오래도록 위로가 될 것만 같다.

아주 특별한 선물이다.

7

디지털 & 아날로그

디지털
&
아날로그

이랬더라면

출근하는 딸아이를 역까지 바래다주고 돌아오는 길, 개천 출구에서 어느 아저씨 자전거와 내 차가 부딪쳤다. 그곳은 커브 길이라 목을 길게 빼고 차가 오는지 확인해야 진입할 수 있는 곳이다. 자전거가 불시에 튀어나오면 속수무책일 수밖에 없다.

급정거했으나 자전거 앞바퀴가 내 차에 부딪혀 운전대를 잡고 서 있던 남자가 옆으로 넘어진다. 아저씨와 부딪치지는 않았지만, 사시나무 떨듯 길가에 주저앉는다.

중죄인처럼 그 남자 옆에 쪼그리고 앉아 병원에 가서 진찰을 받자고 했다. 그러나 아저씨는 순간 놀라서 그러니 조금만 진정되면 괜찮을 것 같다고 한다. 나보고 오히려 놀라지 않았냐고 묻는다. 자신도 운전해봐서 아는데 이런 경우 자전거 잘못이니 마음 쓰지 말라고 한다.

한참 어깨를 나란히 하고 앉아 아저씨가 진정되기를 기다렸다. 조금 있으려니 아저씨가 일어나 자전거를 끌고 가면서 나보고 어서 가라고 한다. 연락처를 적어드리겠다고 하니까 필요 없다며 손사래를 친다. 바로 집 앞 골목길에서 일어난 일이다. 저 골목 마주 보이는 집이 우리 집이니 언제든 이상 있으면 찾아오라고 하고는 집으로 돌아왔다.

'나도 운전을 해봐서 아주머니 심정 안다'며 자전거를 끌고 저만큼 멀어져 가는 초로의 그 남자가 한없이 고마웠다.

그때 두 남자의 얼굴이 떠올랐다.

주유하고 세차하기 위해 앞에 대기하고 있는 차 뒤에 주차하려는데 살짝 부딪는 소리가 났다. 별거 아니겠지 싶어 나와 보니 앞차 범퍼와 닿아있다. 그 정도에 생채기 날일 없겠지 싶어 그냥 넘어갈 일이라 여겼다.

차에서 내려 상대방 운전자에게 죄송하다고 했더니, 다

짜고짜 삿대질하며 가만히 있는 남의 차 받아놓고 죄송하면 다냐고 목소리를 높인다. 이것 보라며 손가락질한 곳에는 조각이 떨어져 나간 작은 구멍이 뚫려 있다. 분명 오래된 상처였다. 차가 오래되어 범퍼도 모양새가 곱지 못하다. 이건 내가 낸 상처가 아니라고 했더니 그 차주는 얼굴에 푸른 핏줄을 세우며 덤벼든다. 성난 표범같다.

상대는 에쿠스다. 감히 아반떼가 들이받았으니 화가 날 만도 하겠지만, 내가 남자라면 그리 화낼 일도 아니다. 조용히 말해도 못 알아먹을 나도 아니지만 분명 그 생채기는 오래된 것인데 덤터기 쓴 기분이 들어 은근히 화가 났다. 그 순간만큼은 수사관이든 재판관이든 진실을 밝혀주었으면 했다. 그 남자는 몹시 험상궂은 얼굴로 당장 처리해달라고 목소리를 높인다.

나는 두 눈을 똑바로 뜨고 남자를 째려보았다. 두 손바닥에 피멍이 들도록 움켜쥐고 파르르 떨며 고개를 치켜들고 내 양껏 소리를 질렀다. "아무리 목소리 큰 놈이 이긴다지만 이건 해도 너무하네, 엄연히 오래전에 생긴 생채긴데 나한테 덤터기를 씌워도 유분수지 생긴 건 멀쩡하게 생겨서 상판이 아깝다 아까워. 그래, 고쳐주면 되잖아 고쳐

줄게 어디다 대고 큰소리야 큰소리가 까불고 있어." 이랬
더라면 속이라도 시원했을 텐데 침묵했다. 작정하고 덤비
는데 무슨 수로 당해.

보험사에 연락해서 일임하고 돌아왔지만, 세상살이가
참 삭막하다는 생각에 참 오랫동안 가슴앓이를 했다.

며칠 후, 보험사에서 전화가 왔다.

범퍼 갈아주고, 렌터카 비까지 운운하면서…. 고급 중형
차이니만큼 수리비까지 적잖이 지출되었으니 보험사 측도
짠하긴 마찬가지다.

"그 생채기는 이미 나 있던 것인데 모르셨어요?"라는 내
질문에 어쨌거나 사모님이 들이받았으니 그쪽이 갑일 수
밖에 없다는 오묘한 여운을 남기고 일단락 지었다. 그렇
지, 진실보다 증거가 더 확실하니까. 맞닿아 있다는 증거
처럼 확실한 이유가 또 있을까. 명 재판관이 와도 상대에
게 손들어줄 것이 뻔하다.

오래된 일이지만 목에 핏대를 세우던 그 남자가 가끔 떠
오른다. 떠오를 때마다 좋지 못한 생각을 하게 한다. 속삭
이듯 말해도 알아들었을 텐데….

그런 일이 있고 나서 얼마 지나지 않아, 사거리에서 신호를 받고 있는데 바짝 붙어 우회전하던 차가 내 범퍼를 들이받았다. 내 몸이 살짝 흔들릴 정도니 심한 것은 아니라고 생각하면서 갓길에 차를 세웠다. 뒤쫓아 오던 그 차도 내 차 뒤에 깜빡이를 켜고 주차를 한다. 일단 접촉사고가 나면 어떻게 싸워야 하나 하는 생각이 먼저 든다.

　　차에서 내리니 그 차주는 저만치에서부터 구십 도로 허리를 접고 걸어온다. 정말 죄송하다고 머리를 조아리는데 그때 언뜻 그 에쿠스 차주 얼굴이 스쳐 지나간다. 무턱대고 소리부터 지르던 그 남자, 옳다구나 봉 잡았다 하던 그 기세등등하던 남자.

　　범퍼를 살펴보니, 우회전하면서 긁힌 자국이라 의외로 상처가 컸다. 나는 목소리를 있는 대로 내리깔았다. 상대방이 함부로 할 수 없을 정도로 냉정하게 기선제압을 했다. "아니, 조심 좀 하지 그랬어요. 어머나, 상처가 크네요. 어쨌든 생채기가 크니 아무리 봐도 범퍼를 갈아야 할 것 같네요. 합의금을 주든지 범퍼를 갈아주시든지 처리해주세요." 이랬더라면 내 차는 아주 깨끗하게 변신을 했을 텐데 침묵했다.

범퍼가 금이 가고 허옇게 긁힌 자국이 났지만, 나는 손으로 쓱쓱 문지르며 의연하게 말했다. "원래 범퍼는 들이받으라고 있는 거래요. 이 정도는 우리 은마도 견딜 만하다네요. 바쁘신 것 같은데 그냥 가세요." 이렇게 허세를 부리고 그냥 보내주었다. 남자는 몇 번이고 허리를 굽히며 머리를 조아린다. 멀어져가는 남자를 보며, 나는 그때 에쿠스 차주에게 한 대 주먹질을 날린 심정으로 가던 길을 갔다. 왜 그렇게 속이 시원했는지는 나도 모르겠다. 천하에 바보짓을 해놓고선.

법만 내세우다 보면 본의 아니게 마음에 생채기가 생기게 마련이다. 득과 실을 따지기에 앞서 아주 잠시 멈추어 생각해도 늦지 않을 것이다.

며칠을 자전거 주인을 위해 기도했다. 건강하고 아주 복 많이 받으며 행복하게 살기를 기원했다. 아마도 그분이 생각날 때마다 좋은 생각으로 기도할 것이다. 마음은 말이 없어도 전달이 된다고 하지 않던가.

말 한마디에 천 냥 빚을 갚는다는 말이 그냥 생겼겠는가.

일부러

정 때문이다.

우연히 맺어진 인연이든, 필연적으로 맺어진 인연이든, 우리는 '함께'라는 행위를 하며 살아간다. 그 행위 속에는 정이라는 끈끈한 동아줄이 있다. 우린 그 끈을 잡고 서로 사랑하며 위로하며 살아간다. 일부러 시간을 내서라도 함께 한다.

코로나19가 오기 전에는 매달 달력에 빼곡히 동그라미가 그려졌다. 많고 많은 날이 만남의 장을 열었다. 그때는 하루라도 집에 있을 수 있는 여백의 시간이 그리웠다. 혼자라는 시간을 즐기고 싶었다. 그러나 막상 집에서만 생활하다 보니 넓은 세상에서 깊은 오지 속으로 들어온 것 같은 외로움이 간간이 찾아온다.

외출이 없는 날이 나쁘지는 않다. 나름 여유와 아늑함을 맛보며 보낸다. 그러나 코로나19로 인한 갇힘은 해야 할 도리를 다하지 못하게 한다. 그런 이유로 오랫동안 신세 진 선생님께 이렇다 하는 감사의 마음을 전하지 못하고 있다. 한번 찾아뵙고 인사를 드려야 할 텐데 코로나가 잠잠해지길 기다리지만, 여전히 잠들지 않는다.

찾아뵙지 못하는 명분은 있지만, 날이 갈수록 마음에 짐이 더해만 가던 차 느닷없이 조후미 수필가가 찾아왔다. 가슴에는 앙증맞은 다육이 화분을 안고 도라지꽃처럼 환하게 웃음을 머금고 서 있다. 반년이 다 가도록 못 만난 탓으로 반가움에 앞서 목소리가 먼저 올라간다.

"바쁜 사람이 어떻게 시간을 내서 왔누?" 눈이 동그래서 묻는 내 말끝에 "시간이 남아서 오는 것하고, 시간을 일부러 내서 오는 건 다른 거예요. 언니는 당연히 시간을 내서 찾아봬야죠. 인사가 너무 늦어서 죄송해요" 한다.

잘 정돈된 메모지처럼 한마디 던져놓고 간 그녀의 말 한마디가 여간 기분 좋은 게 아니다. '일부러'라는 단어는 천 냥의 가치를 웃도는 정으로 다가온다. 그 한마디는 그동안 마음 무겁게 하던 이유를 해결해 준다.

그렇다. 코로나가 아무리 무서워도 마음만 먹으면 얼마든지 도리를 다할 수 있다. 직접 만나지는 않더라도 내 성의를 보여줄 방법은 여러 가지가 있다. 오랫동안 행하지 못하고 머뭇거린 것은 다 핑계일 뿐이다.

서둘러 감사의 편지를 썼다. 그리고 과일 한 상자를 들고 선생님이 살고 계신 아파트 경비실로 갔다. 택배로 보내도 얼마든지 전할 수 있는 일이지만, 그곳까지 찾아간 내 성의가 포함되면 감사의 뜻이 두 배로 전해지리라는 부가세까지 포함했다.

기저질환이 있는 선생님은 일부러 만나지 않았다. 코로나로 인한 거리 두기는 당연한 예의기 때문이다. 경비실에 선물을 맡겨놓고 돌아오는 길은 그동안에 못다 한 숙제를 마친 것처럼 마음이 가볍다.

집에 도착하니 선생님이 전화를 주셨다.

"아유, 바쁜 사람이 어찌 시간을 냈을까. 일부러 여기까지 다녀가면서 얼굴도 못 봤네, 서운해서 어쩌나요."

그 말끝에 자신 있게 말씀드렸다.

"시간이 남아서 찾아뵙는 것하고, 시간을 일부러 내서 찾아뵙는 건 다른 거예요. 선생님은 일부러라도 시간 내서 찾아 봬야죠. 인사가 너무 늦었습니다."

조후미 그녀가 내게 한 말 그대로 했다. 선생님도 그 말 한마디가 명언이라고 기분 좋은 웃음소리가 전선을 타고 들려온다. 그 웃음 끝에, 얼마 전에 그녀가 내게 찾아온 이유와 지금 내가 한 그 말은 그녀의 말을 빌린 것이라고 덧붙였다. 그 덕분에 차일피일 미루던 것을 용기 내어 실천했다고 고백했다. 선생님과 나는 한참을 웃으며 '일부러'라는 의미에 관한 이야기 맥을 이어갔다.

꼭 해야 할 일을 미룰 때가 있다. 이유가 있든 없든 미루다 보면 점점 마음이 무거워진다. 마음이 무겁다는 것은 분명 잘못된 망설임이다. 시간이 남아서 찾아뵙는 것과, 없는 시간을 일부러 내서 찾아뵙는 것은 하늘과 땅 차이라는 것을 가르쳐준 조후미 작가에게 부끄러운 마음을 감춘다.

메르스

TV 채널마다, 소문마다, 만나는 사람마다 메르스, 메르스 ···.

나라가 온통 신종바이러스 메르스로 인해 벌집이 되었다. 병원도, 음식점도, 매점도, 거리도 한산하다. 크고 작은 행사 취소가 신속하게 이루어지고, 그 많던 모임도 속속 미루어지고 있다. 하루아침에 경제가 침체하고, 근심과 걱정으로 나라가 우울하다.

하루에도 수도 없이 SNS로 전달되는 메르스에 관한 메시지로 인해 걱정을 안고 산다. 하나 같이 당장 어떻게 되는 양 공포를 전염시킨다. 어떤 면에서는 정보 매체가 메

르스보다 더 무서운 신종바이러스다. 감염의 속도는 천파
만파로 확산하여 걱정과 불안을 고조시킨다.

연일 이어지는 가뭄으로 농작물이 시들어가는 아침, 안
양천을 걷는다.

늘 붐비던 산책로마저 한산하다. 하늘은 무심히 푸르고
선선한 바람결은 비가 올 기미가 전혀 없다. 물은 줄어가
고 개나리가 시들어 축 처져있다. 봄을 찬란하게 빛내던
꽃나무들이 목이 말라 퇴색되어 간다. 뿌리 얕은 식물은
이미 누렇게 죽어있다. 모두 메르스를 앓고 있다.

매년 그러한 것은 아니지만, 가뭄과 홍수의 재난은 메르
스처럼 자연에도 지독한 몸살을 앓게 한다. 그러나 그들
은 흔들림 없이 자연의 법칙에 순응하며 산다. 스스로 살
아날 수 있는 면역력을 기르며 참고 애쓴다. 야단법석을
떨지 않는다.

마음이 어수선할 때, 어느 의사가 쓴 메시지가 뜬다.

'우리 인간에게는 면역력이라는 게 있어서, 스스로 바
이러스에 대한 항체를 만들어 이겨낸다. 에볼라가 아무리
무섭다 한들, 메르스가 아무리 무섭다 한들 개개인이 위

생에 주의하고 잘 먹고 잘 쉬면서 면역력을 높이면 걱정할
게 없다. 매년 발표를 안 해서 그렇지 겨울마다 유행하는
독감으로 인한 사망자 수가 상상 이상이다. 운명을 달리
한 분들은 다들 심각한 기저질환이 있는 사람들이지 건강
한 사람들은 대다수 본인의 면역력으로 바이러스를 이겨
낼 수 있다'고 하는 긍정적인 메시지다.

마음이 한결 위안이 된다.

그렇다. 앞으로도 또 다른 신종바이러스가 나타나지 말
라는 법은 없다. 그럴 때마다 나라 전체가 우왕좌왕해서
경제를 침체시키고, 온 국민이 공포와 근심으로 살아간다
면 얼마나 슬픈 일인가. 이럴수록 자숙하고 여유와 자신감
으로 의연한 모습을 보여줘야 하지 않을까.

우리도 2003년 사스, 2009년 신종플루, 2014년 에볼라
를 잘 견뎌내고 이겨 왔다. 한 차례씩 회오리바람이 불었
지만 잘 이겨냈다. 2015년 현재 메르스라는 신종바이러스
가 나타났다. 치사율로 치자면 메르스가 가장 높다지만,
우리 인간은 잘 이겨낼 수 있는 면역력이 있다니까 이번에
도 잘 이겨내리라 여긴다.

대자연에도 한 번씩 일어나는 재해처럼 가끔 나타나는

새로운 변종 바이러스가 나타난다. 이로 인해 온 국민이 몸살을 앓지만, 피를 말리는 가뭄을 묵묵히 참고 견뎌내는 초목처럼 우리도 의연하게 대처해 나갔으면 좋겠다.

한결 가벼운 마음으로 안양천을 걷는다. 자연에서 긍정의 힘을 배운다. 오랜 가뭄에도 침묵으로 순응하는 초목들이 작은 소문에도 이랬다저랬다 하는 인간들보다 더 위대하다는 것을.

핸드폰에 다시 메시지가 뜬다.

'이쯤 되면 방역이 뚫렸다고 봐야 할 것 같습니다. 아마 한국에서 메르스는 크게 한번 유행할 수 있다고 생각됩니다. … 1차, 2차, 3차까지 진행되었고, 4차 감염자부터는 감염원 확인조차 어려울 것으로 생각됩니다. 최악의 사태를 대비해야 하는…'

마음이 다시 쿵 내려앉는다.

마법의 티켓

복권을 샀다.

꿈을 꾸고 나서다. 인터넷을 뒤져 해몽 풀이를 보니 운수 대통할 꿈이란다. 슬그머니 욕심이 난다. 어쩌면 나에게 행운이 올지도 모른다고, 몰래 로또복권을 사서 지갑에 숨겨놓고 추첨일을 기다린다.

얼마 전 아파트 당첨되었다고 로또라도 된 것처럼 좋아하던 딸아이가, 주택담보대출법이 바뀌어서 대출이 묶였다며 한숨을 치 쉬고 내리 쉬고 한다. 대출받아 아파트 장만하려던 꿈이 악몽이 되어버린 것이다. 내가 돈이 있으면 옛다, 이걸로 사는 데 보태라 하겠지만 내 코가 석 자라

남몰래 애가 마르던 중이다.

그래, 로또가 당첨되면 제일 먼저 딸아이 아파트값을 내 주리라 마음먹었다. 행여나 좋은 꿈 꾼 것이 부정이라도 탈까 봐 며칠을 함구하고 지낸다.

오늘은 환갑 맞은 지기들을 축하하기 위해 조촐한 잔칫방을 열었다. 모두 환갑 문턱을 넘어선 지기들이다. 명색이 환갑 초대니 막걸릿잔은 주고받아야 할 것 같다. 손사래 치는 것을 말리고 투박한 막걸릿잔에 넘치도록 부어 권했다. 일생에 단 한 번뿐인 날, 오늘만큼은 망가져도 된다고, 무례를 주저하지 않는다.

여름이 녹색 물결로 치닫는 안양예술공원 어느 소박한 음식점에서, 우리는 중년의 품격을 위해 술잔을 높이 들었다. '우리는 늙어가는 것이 아니라 잘 익어가고 있는' 것이라고 서로를 위로하며, 지금까지 살아오고 앞으로 살아갈 이야기에 그을음이 나도록 심지를 돋운다.

녹록지 않은 삶은 금전의 아쉬움이 말꼬리마다 따라 나오기 마련이다. 돈 걱정 없이 사는 것이 이 나이쯤 되면 가장 큰 바람이지만 쉽지 않은 까닭이다. 문득 지기 한 사람이 로또 얘기를 꺼낸다. 기다렸다는 듯이 로또라도 되면 좋겠다고 이구동성으로 목소리를 높인다. 모두 이 나이 되었지만, 노후대책이 미지수라고 앞날을 걱정한다.

내 옆에서 시종일관 말이 없던 지기가 결심이라도 한 듯, "만약에 로또가 당첨되면 마주 앉은 사람들에게 1억씩 나누어주겠다"고 목소리에 힘을 준다. 나머지 돈으로 어느 고요한 시골에 내려가 허름한 상점을 내고 유유히 노후를 보내고 싶다며 잔을 들어 건배한다.

그 순간 나는, 그녀들이 알아볼 수 없을 만큼 작아지고 있다. 나라고 앞날을 어찌 알 것인가. 그 누구도 미래는 장담할 수 없다. 그렇지만 내 집이 있고 연금이 나오는데도, 딸랑 내 새끼 걱정만 했다. 대뜸 로또가 당첨되면 남을 위해 나누어주겠다는 품 넓은 그녀 옆에서 자꾸만 초라해지는 기분이다. 아무리 로또 당첨 확률이 하늘의 별 따기라지만, 선뜻 그렇게 약속하기가 쉽지 않은 까닭이다.

진정성이 전해지는 그녀의 말에 지갑 속에 숨겨놓은 복권이 자꾸만 신경이 쓰인다. 남의 것을 탐내다가 들킨 심정이다. '실은 나도 복권을 샀는데, 만약에 당첨이 되면 나누어 주겠다'라는 말은 끝끝내 하지 못했다.

부자는 복권 사는 사람을 가장 한심한 짓이라고 한단다. 노력하지 않고 일확천금을 바라는 것에 대한 비난일 것이다. 힘들게 일해 번 돈이 진정한 재산이지, 하루아침에 뚝 떨어진 재물이 가면 얼마나 가겠느냐는 뜻일 수도 있다. 부자가 되기까지 피나는 노력과 고된 삶을 겪어온 사람만이 할 수 있는 비난이다.

예전에 아버지가 들려주시던 얘기 중에,

'어느 가난한 농부가 부자를 찾아가서 잘 살 수 있는 비결을 말해달라고 했다. 부자는 농부를 데리고 뒷산으로 올라갔다. 낭떠러지를 배경으로 우뚝 서 있는 나무 밑에 다다르자, 농부에게 나무에 올라가서 나뭇가지에 한 손으로 매달리라고 했다. 가난한 농부는 깜짝 놀라며 까마득한 낭떠러지를 내려다봤다. 버티지 못하고 손을 놓게 되면 떨어져 죽을 것이 뻔한데 무슨 말이냐고 부자에게 따지듯 물었다.

부자 영감은 허허허 웃으며, 부자가 되려면 죽기 살기로 열심히 일해야 하고, 돈이 손에 들어오면 벼랑 끝에 서 있는 나무에 매달린 심정으로 꽉 움켜쥐고 모으면, 큰 부자는 아니더라도 가난은 면할 수 있다고 말했다.'

그만큼 부자 되기가 어렵다는 얘기다. 부지런히 일하고 낭비를 줄이면 큰 부자는 아니어도 작은 부자는 될 수 있다는 '절약이 미덕이다'라는 교훈일 것이다.

요즘은 '절약이 미덕이다'라는 사고에서 한참 벗어나 '소비가 미덕이다'로 생활 수준이 달라진 시대에 살고 있다. 그러나 80년대 꽃새댁 시절만 해도 절대적으로 절약이 미덕일 수밖에 없었다. 아무리 발버둥치며 알뜰하게 살아도 가난을 벗어나기란 쉬운 일이 아니었다. 박봉에 아홉 식구 생활비도 벅찼던 시절, 어쩌면 날마다 벼랑 끝에 선 나뭇가지를 잡고 죽기 살기로 버텼는지도 모른다. 아버지가 들려주시던 옛날 얘기를 지표 삼아 그렇게 견뎌왔지 싶다. 희한하게 그 얘기를 떠올릴 때마다 위로가 된다. 지금 내가 부자가 되지 못한 것은, 그만큼 헤프게 산 까닭이라고 내 탓을 하게 된다.

지금, 이 순간도 많은 사람이 복권을 살 것이다. 간절한 마음으로, 절박한 마음으로 당첨을 꿈꿀 것이다. 그중에 나도 한몫했다. 복권은 잠시나마 행복과 행운을 꿈꿀 수 있게 하는 마법의 티켓이다. 동화 속에 숨어 있는 도깨비방망이다. 바늘구멍에 황소 지나가는 확률을 놓고 기대하고 꿈꾼다. 중독되어서는 안 되겠지만, 아주 가끔 희망을 품어보아도 좋으리. 추첨일까지 며칠은 기다림의 설렘을 누릴 수 있을 테니까.

로또 추첨일이다.

꽝이다. 왠지 서운하지 않다. 마음 허한 날, 밥이라도 함께 먹을 수 있는 지기들이 있다는 것만으로도 그저 감사한 까닭이다. 무엇을 더 바라리.

디지털 & 아날로그

디지털 선물

생일이라고 SNS에 축하 메시지가 톡톡 거린다.

어떻게 아는지 꼭 이맘때면 잊지 않고 태어난 날을 알린다. 지인, 친구, 글벗… 모두 축하 메시지를 보내온다. 아, 정말 희한한 세상에 살고 있다. 아무튼 이런 세상에 태어난 보람이 있다.

일일이 댓글을 쓰며 대구에 사는 E 수필가가 보내온 카톡을 열어본다. 〈카카오톡 선물하기〉 ○○○님이 선물과 메시지를 보냈다는 문구가 뜬다. 커피 한 잔에 케이크 한 조각이다. 쿠폰을 가게 주인에게 보이고 바코드를 찍으면 커피를 준다고 한다. 요렇게 앙증맞고 귀여운 낯설기 선물은 처음이다.

가을빛 머금은 홍시 같은 선물이라 행복은 두 배로 오고, 보내온 이의 마음 씀씀이까지 덤으로 오니 기쁨의 수치를 조절할 수 없다. 행복지수가 자꾸만 올라간다. 당장 쓰지 말고 다락 위에 숨겨놓은 곶감처럼 오래 두고 아껴먹고 싶은 생각이다.

디지털 시대에 살아가면서도 나는 아직 아날로그다. 시대에 걸맞은 선물 나누기를 나도 배워야겠다. 어느 날 문득 멀리 사는 지인에게 차 한 잔 사주고 싶을 때, 반드시 요런 홍시 같은 선물을 해야겠다.

아, 내 머릿속에는 지인들이 영상처럼 스쳐간다.

누구부터 할까….

J 수필가가 만나자마자 선물이라고 카드를 내민다.

다섯 개의 꽃잎이 새겨진 연분홍빛 스타벅스 카드다. 카드 속에는 오천 원짜리 커피를 열 잔 마실 수 있는 가격이 들어있다며 차 마시고 싶을 때 언제든 즐기라고 한다.

J에게 스타벅스 카드를 받는데 문득 드라마 한 장면이 떠오른다.

"쓰고 싶은 대로 쓰세요" 하면서 신용카드를 자식이 엄마에게 주기도 하고, 사위가 장모에게 주기도 하고, 남편이 아내에게 주는 장면을 볼 때 은근히 부러움을 감추곤 했다.

오늘 J에게서 카드를 받는데 꼭 사랑하는 사람에게서 신용카드를 받은 것처럼 어깨가 으쓱해진다. 입꼬리가 자꾸만 귀에 걸린다. 마음이 어수선할 때, 우울할 때, 즐겁고 유쾌할 때… 아, 비 오는 날이면 더 좋겠다. 이런 날 문득 찻집에 들러 검지와 장지 사이에 이 카드를 끼우고 방아쇠를 당겨야겠다. 내가 뽐낼 수 있는 만큼의 폼을 잡아야겠다.

아, 멋진 품위유지비!

아날로그 선물

'누구나 한 가지씩 지옥을 품고 산다'고 어느 시인은 말했듯이, 별일 아닌 것도 마음속이 시끄러울 때가 있다. 서로가 반대쪽으로 감고 올라간다는 등나무와 칡넝쿨처럼, 오늘 내 마음이 꼭 그렇다. 무심코 카톡 메시지를 열어본다. E 시인이 선물이라며 나에 대한 시를 써서 보내왔다.

김산옥

연한 듯 뚝심 있고
물러선 듯 당당하고

안마당 한가득
봄볕같이…
공평하고 고운 사람!

여기에 나에 대해 덧붙이기를 김대규 선생님 〈시인열전〉에는 없지만… E 시인 마음속 〈문인열전〉에는 간직한다고 한다. 어, 어깨가 으쓱해진다. 내가 꼭 뭐라도 된 것 같다.

갈등이 한순간에 해소된다. 내가 좋아하는 사람, 그 사람의 마음속 문인열전에 간직한다는 말 한마디가 얽히고 설킨 갈등을 한순간에 풀어 놓는다.

몇 줄의 글로 이렇듯 큰 선물을 줄 수 있다니….

나에겐 너무나 과분한 선물이다.

지인 몇 분과 맛집에 둘러앉았다.

J 사진작가가 점심을 산다고 한다. 밥을 사는 선물처럼 따뜻한 선물이 또 어디에 있을까. 우리는 입맛에 맞는 음식을 주문하고 앉아 정담을 나눈다.

느닷없이 B 소설가가 탁자 위에 선물이라며 작은 상자를 올려놓는다. 닭띠라서 특별히 닭 그림을 주문한 거라 세상에서 하나밖에 없는 찻잔이라고 한다.

찻잔 그림 속에는 화려한 장닭 두 마리와 태양처럼 강렬한 붉은 꽃 두 송이가 활짝 피었다. 연둣빛과 하늘색이 조화롭게 바탕색을 이루고, 테두리와 손잡이는 진한 군청색으로 무게감을 더한 항아리 모양이다.

한눈에 봐도 냉큼 사랑할 수밖에 없는 찻잔이다. 한순간에 찻잔 속에 풍당 빠져버렸다. 감동은 하늘 높은 줄 모르고 치솟는다. 으아, 이런 호사를 누려도 되나.

문학상보다 더 뜻깊은 선물이다.

2011.11.11

- 3인칭 수필

그녀의 마음이 온통 시끄럽다.

어디론가 휑하니 떠나지 않고는 참을 수 없을 것만 같다. 가을비가 추적추적 내리는 거리로 나섰지만, 마땅히 갈 곳은 없다. 행인들은 갈 곳이 정해진 듯 총총히 걷고 있다. 그녀도 갈 곳이 있는 것처럼 서둘러 전철을 탄다. 그녀가 내린 곳은 인사동이다. 비 탓인지 행인이 뜸하다. 한두 방울 내리는 빗방울이 운치를 돋운다. '그래, 오늘 이곳에서 무거운 마음을 좀 내려놓자.'

난전에 내놓았던 물건들이 모두 가게 안에 갇혀있다. 상인들은 팔짱을 끼고 빗방울을 바라보며 무심히 거리를 내

다본다. '그렇구나, 생계를 유지하는 그들에겐 가을비도 야속하겠구나.' 그녀가 이런 생각으로 기웃거리는데, 골목 후미진 곳에선 노숙자들이 저희끼리 목을 조르며 싸우고 있다.

"너 오늘 나한테 죽어볼래?"

"그래 죽여라, 나 오늘 이 더러운 세상 떠날란다."

한 노숙자가 뼈대만 앙상한 한 노인 배 위에 올라타 목을 조르니 얼굴이 벌겋다 못해 시퍼레진다. 가슴이 벌렁거리는 그녀와는 상관없이 곁에 있는 노숙자들은 찬 기운이 도는 땅바닥에 누워 아무렇지도 않은 듯 먼 곳만 바라본다. 그 치열한 싸움은 그들에게는 아무런 가치도 상관도 없는 일이다. '그렇구나, 그들만의 살아가는 방식이구나.' 한참을 힐끔거리던 그녀도 그 자리를 뜬다.

내 일이 아니면 아무리 괴로운 일이라도 함께 동화될 수 없는 것이 세상 살아가는 이치라고, 그녀는 자신의 힘겨움이 지금 치열하게 싸우고 있는 노숙자의 상황만 하겠는가 싶은 마음에 노점카페에서 커피 한 잔을 주문한다. 지나치게 커피콩 탄 내가 코끝에 진동했지만 아무 말도 안 하고 종이컵을 들고 돌아선다. 카페 주인은 한참 멀어진 그녀

등 뒤에 대고 연신 고맙다고 웃고 있다. 힐끔 돌아본 그녀는 군소리 안 하고 나온 걸 잘했다고 생각한다.

그녀가 원래 찾아가려 했던 가게는 문이 닫혀있다. 꼭 오늘이 아니라도 될 일이지만 헛걸음하고 돌아갈 일이 난감하다. 그녀는 죄 없는 옆 가게 하회탈 주인에게 원망조로 묻는다.

"왜 저 집은 문을 안 열었어요?"

"휴일엔 문을 닫는 것 같아요."

그 가게 문이 닫힌 것이 마치 옆 가게 주인 잘못인 양 따져 물었음에도 웃음으로 답해 준 것이 고마워 가게 안으로 들어선다. 있는 대로 주름잡고 허허거리는 하회탈을 둘러본다. 하나같이 유쾌한 모습이다. 그 여유로움에 반해 그녀도 한참을 서서 마주 보고 웃는다. '때로는 헛걸음하며 살기도 하는 거지 뭐.'

그녀는 언젠가, 늘 웃고 살라는 의미로 하회탈을 언니로부터 생일선물로 받은 적이 있다. 그 하회탈을 벽에 걸어 놓고, 오늘처럼 마음이 무거울 때 바라보며 히죽히죽 웃곤 한다. 갑자기 생각난 듯 어디론가 서둘러 전화를 건다.

"선배, 혹시 하회탈을 어떻게 생각하세요?"

다짜고짜 따지듯 묻는다. 졸지에 질문을 받은 지인은 이야기가 있는 모습으로 바라만 봐도 웃음이 날 것 같다고 한다. 하나쯤은 있어도 좋을 것 같다는 말이 끝나기도 전에, 싫은 내색 없이 '그 집은 일요일이면 문 닫는 것 같다'라고 알려준 것에 대한 보답인 양, 제일 활짝 웃고 있는 하회탈을 골라 예쁘게 포장을 해달라고 한다. 하회탈 주인은 이것저것 선물까지 챙겨준다. '허참, 빚지는 기분이네.'

그녀는 선배가 늘 하회탈처럼 환하게 웃고 살았으면 좋겠다는 생각을 하며 가게를 나선다. 집을 나설 때의 그 우울함이 조금은 가시는 것 같다. 그러나 아직 낮게 내려앉은 회색빛 하늘처럼 응어리진 기분은 그녀를 다른 곳으로 이끈다.

어느 옷가게에서 그녀 눈길이 멎는다. '어, 여기는 온통 내 옷들로 가득하네' 이런 생각을 하며 들어간 곳은 비단으로 만든 옷가게다. 그녀는 주인의 반김이 부담으로 다가온다. 한번 입어보고 안 사고 나오면 무지하게 미안할 것 같은 생각이다. 친절한 만큼 가격도 비싸다. '그래, 맘에 들면 하나 사지 뭐, 내가 이런 옷 한 벌 입을 자격도 안 되나.' 이런 배짱으로 입혀 주고 벗겨주는 대로 여러 번 변신

한다.

거듭 변신을 하는 모습을 보면서도 그녀의 마음은 영 가볍지 않다. 물질로 위로가 되는 무거움이라면 그것은 사치다. 살다 보면 어떠한 것으로도 위로가 될 수 없는 일이 닥칠 때가 있다. 세상에는 용서 못 할 일도, 용서 못 받을 일도 없다지만 때로는 그 평범한 진리가 비껴갈 때도 많다. 그만한 값은 되겠구나 싶은데도 그녀는

"나도 살림하는 주부인지라 그 가격은 좀 무리네요"라는 핑계를 대고 유유히 걸어 나온다. 그 옷가게 주인은 환하게 웃으며 얼른 전단지 한 장을 손에 쥐여준다.

"이곳에서의 행사는 오늘이 끝이고, 다음에 오실 때는 이 가게로 들러주시면 됩니다. 꼭 다시 들러주세요."

다시 오라는 정표를 부적처럼 손에 들고 가게를 나선다. '어, 정말 다시 가고 싶어지네, 이것이 그들이 살아가는 방법의 묘약이구나.'

밖은 여전히 빗방울이 떨어진다. 그녀의 손에는 아직 못다 마신 커피가 들려있다. 그냥 집으로 돌아가기에는 여전히 마음이 내키지 않는다. 집안일이라는 것은 지극히 사소한 일이지만, 그 사소한 일이 엄청난 일을 불러오기도 한

다. 한 가정을 이루고 사는 사람들이라면 누구나 한 번씩은 겪어야 했을 일들, 그 지극히 평범한 일로 인해 때로는 무한한 늪으로 빠질 수도 있고, 때로는 죽음까지도 끌고 갈 수도 있다. '다 배부르고 등 따스운 투정이지' 싶으면서도 떨쳐버리지 못하는 잔여들이 그녀 머리를 가득 메운다.

그녀는 발길 가는 대로 가게마다 둘러본다.

살아온 날들만큼이나 많이 진열된 물건들, 화려하고, 고상하고, 세련된 장신구들, 눈을 유혹하고 마음을 흔드는 한국을 대표하는 그것들을 감정사처럼 유심히 둘러본다. 그 하나하나에는 삶을 영위해야 하는 생존경쟁이 숨 쉬고 있다. 한 예술인의 손에서 태어나 이 가게에 오기까지 여러 번 손을 거쳐 이 자리에 진열되었을 그 많은 상품. 이제 누군가에게 마지막 선택을 기다리는 그 무한한 존재들이 그녀에겐 오늘따라 더 특별하게 다가온다. 오랜 세월 누가 알아주지 않아도 힘들고 고달파도 묵묵히 외길을 걸어오면서 한 작품마다 온 힘을 다했을 예술인들의 장인정신에 가슴이 찡하다.

오늘 한낱 가사에 부대낀 작은 일로 가슴앓이하는 자신이 왠지 사치스러워 보인다. 사람마다 살아가는 방법이 다

다르듯이, 너무나 착해서 권하는 술잔을 거부하지 못하는 남편의 술버릇도 살아가는 방법의 하나일지도 모른다고 스스로 마음을 다독이며 툭툭 털고 돌아서 나오는데, 한 모자가게 주인과 눈이 마주친다. 그 미묘한 마주침에 그녀는 그냥 지나치지 못한다.

"걸어오는 모습이 참 예쁘세요."

그녀는 빈말이라는 것을 알면서도, 왠지 작은 것 하나라도 팔아주고 나와야 할 것 같은 의무감이 든다. '그 사람에게 무엇을 바라기에 앞서 그 사람의 마음을 움직이는 법을 배워라'라는 말이 있다. 그 모자가게 주인은 그녀가 무엇을 사기에 앞서 마음부터 움직이고 있다. 이상했다. 그것을 알면서도 그녀 마음은 모자가게 주인 뜻대로 움직인다. 결국, 모자 하나를 사고 그 가게를 나섰다. 예정에 없던 지출에도 그녀 마음은 가볍다. 계산하고 나서는데, "참 예쁘세요. 꼭 영화배우 같아요." 그 새빨간 거짓말에 '끝까지 최선을 다하는구나' 생각하며 그녀는 기분 좋게 돌아선다.

하늘은 아직도 비로 가득하다. 그녀는 싸늘해진 종이컵을 휴지통에 버린다.

'세상에 어려움 없이 사는 사람이 몇이나 될까. 가만히 부는 바람결에도 괴로워하는 약한 내 마음이 문제지.' 그녀는 모자가게 주인이 잘 어울린다고 골라준 갈색빛 체크무늬 모자를 쓰고 인사동 어귀를 돌아 나온다. 천년 만에 돌아온다는 특별한 빼빼로데이. 2011년 11월 11일에 그녀는 그렇게 인사동 골목을 서성인다.

그녀가 돌아오니 식탁 위에 빼빼로가 한 상자 놓여있다. 저만치에서 그녀의 남편이 멋쩍게 웃고 있다.

늦게 피는 꽃